Klaus-Dieter
Grüße aus dem Alpenkaff!
= Blutsbrüder
tote Geranien
Klaus-Dieter
= Blutsbrüder
Geranien
Grüße aus dem Alpenkaff!
Klaus-Dieter
= Blutsbrüder

ALICE GABATHULER

Ich, Onkel Mike und Plan A

arsEdition

Bibliografische Information der Deutschen Nationalbibliothek
Die Deutsche Nationalbibliothek verzeichnet diese Publikation in der Deutschen Nationalbibliografie; detaillierte bibliografische Daten sind im Internet über http://dnb.d-nb.de abrufbar.

MIX
Papier aus verantwortungsvollen Quellen
FSC® C014496
FSC
www.fsc.org

Textlektorat: Svenja Hoffmann
Umschlaggestaltung: Grafisches Atelier arsEdition
unter Verwendung einer Illustration von Lisa Hänsch

ISBN 978-3-8458-1149-9

www.arsedition.de

Herzlichen Dank an
Chris Schwarz, Roger Köppel,
Ronny Benz und Thomas Frei von
Crossed, Michaela Hanauer, meine
witzige und kluge Agentin,
und die Schweizer Kulturstiftung
Pro Helvetia für ihre großzügige
Unterstützung dieses Projekts.

Inhaltsverzeichnis

Die Monster-Wurmkolonie 11
Die letzten beiden echten richtigen Kerle 17
Wie man ein Tiger-Schwein ausweidet 25
Bauchgrummeln 30
Der frühe Vogel trifft Frankenstein 34
Die Leiche in der Hütte 40
Das Schweigen der toten Geranien 47
Drei Minuten und zwei Sekunden 53
Wir sind Hardcore 58
Hunger ist ein fieses Schicksal 64
Der Krieger und seine Beute 72
Es brennt! 76
In der Höhle des Löwen 81
Die Schlacht im Frohsinn 89
Toni Toast auf Mission 94
Reborn 100
Voll was drauf 109
Eine ziemlich verrückte Beerdigung 118
Keine Panik! 127
Alpenrap-Mike und Plan-A-Leon 134
Edgar kommt 140
Der Geist aus der Vergangenheit 146
Der beste Sommer meines Lebens 152

Die Monster-Wurmkolonie

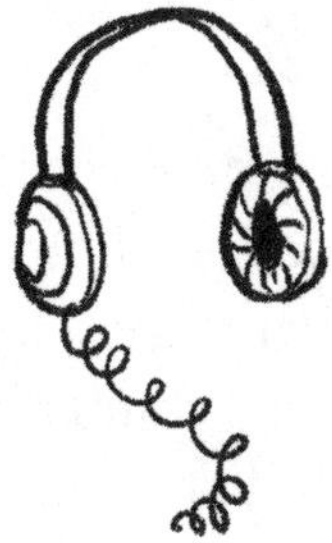

Paps steuerte mit einer riesigen Schüssel durch die Küche. Nicht mit irgendeiner Schüssel, sondern der Super-Spezial-Spaghetti-Schüssel, die ich ihm zu Weihnachten geschenkt hatte. Er zwinkerte mir verschwörerisch zu. »Na, hast du auch ordentlich Hunger?«

Und wie! Mein Magen knurrte wie ein Wachhund im Dienst. Mein Mund schaltete in den Verschlingmodus. Voller Vorfreude griff ich zum Besteck.

»Neues Rezept«, sagte Paps fröhlich und stellte unser Essen auf den Tisch.

Mein Mund blockierte. Mein Magen zog sich auf Schrumpelgröße zusammen und gab keinen Laut mehr von sich. Ich auch nicht. Ich starrte in die Super-Spezial-Spaghetti-Schüssel und mir wurde schlecht. In einem ekligen Matsch kringelten sich dicke braune Regenwürmer.

»Vollkornspaghetti!«, verkündete Paps stolz. »An Gemüsesauce.«

Er schöpfte mir eine Riesenladung von dem Gruselessen auf den Teller. »Hau rein, Indianer!«

Alles klar. Paps hatte sich eine Überdosis *Dschungelcamp* im Fernsehen angeguckt und testete mich auf meine Abenteuer-Tauglichkeit. Da musste ich durch! Richtige Kerle kennen keinen Schmerz. Sie stellen sich den Herausforderungen. Also drehte ich eine gehörige Portion Würmer auf die Gabel, schloss die Augen und stopfte mir das Zeug in den Mund. Dabei stellte ich mir vor, wie mir Paps nach bestandenem Test auf die Schulter klopfte und sagte: »Ich habe uns ein Zelt gekauft, Indianer. Nur für dich und mich.«

Der Gedanke an all die Dinge, die wir zusammen unternehmen würden, verlieh mir Superkräfte. Während ich von verwegenen Ritten auf wilden Gewässern und waghalsigen Klettereien im Hochseilpark träumte, verschlang ich mehr Würmer als ein schwarzes Loch im Weltall.

»... Kinderhotel ...«

»Hä?«, fragte ich.

»Wie bitte?«, korrigierte mich Paps.

Weil er vor lauter *Wie bitte* vergaß, seine Gabel zum Mund zu führen, hing sie planlos in der Luft. Ein verzweifelter Glibberwurm klammerte sich mit letzter Kraft an einer Zinke fest.

»Hä?«, wiederholte ich meine Frage und guckte fasziniert zu, wie der Wurm um sein Leben kämpfte.

»Das sagt man nicht«, belehrte mich Paps.

Seine Gabel hing noch immer in der Luft. Der Wurm gab auf. Er löste sich vom Zinken und stürzte in die Wurmkolonie auf Paps' Teller, wo er sich zum Sterben zusammenrollte. Paps bemerkte es nicht. Er war viel zu sehr damit beschäftigt, mich streng anzugucken.

»Es ist unhöflich, *Hä* zu sagen«, erklärte er mir. »Man sagt *Wie bitte.*«

Was sollten denn diese pädagogischen Anwandlungen? Bis jetzt war's bei Paps immer genau deswegen so lustig gewesen, weil er keine hatte. Ich meine, pädagogische Anwandlungen. Die waren für Mama reserviert. Sie hatte jede Menge davon. So viele, dass ich unter meinen Lehrern den Ruf eines pädagogisch geschädigten Kindes hatte. Ich war nie so richtig dahintergekommen, was das genau bedeutete, aber etwas Gutes konnte es nicht sein.

Gut war jedoch, wie Paps mir diese Schädigungen auszutreiben versuchte. Im Winter rodelten wir in einem Höllenzahn steile Hänge hinunter. Im Sommer bretterten wir auf unseren Bikes mit Maximalkaracho über den Steg am Baggersee, hoben am Ende ab und flogen im hohen Bogen ins Wasser.

Wir taten all das, was richtige Kerle so tun. Natürlich durfte Mama nichts davon wissen. Wegen der pädagogischen Anwandlungen und ihren Folgen.

Kinderhotels und Vollkornspaghetti an Gemüsesauce passten nicht zu richtigen Kerlen. Irgendetwas stimmte hier nicht. Ganz und gar nicht.

Das letzte Mal, als etwas nicht stimmte, ließen sich meine Eltern scheiden. Zum Glück nicht so wie Harrys Eltern.

Harrys Mutter hatte die Klamotten von Harrys Vater aus dem Fenster auf die Straße geworfen, und alle konnten sehen, dass er rote Boxershorts mit weißen Punkten trug. Allein deswegen wäre Harry vor Scham beinahe gestorben. Aber es kam noch dicker. Harrys Vater rächte sich. Er nagelte einen ausgeleierten BH von Harrys Mutter an ihre Eingangstür. Ein paar von Harrys Kumpeln sahen das Monsterding. Einer fotografierte es mit seinem Handy und stellte das Foto ins Internet. Ich glaube, alle, wirklich alle an meiner Schule haben es sich angeguckt. Seither bekam Harry immer rote Ohren, wenn man von seinen Eltern sprach.

Meine Eltern hatten es viel besser gemacht als Harrys Eltern.

Fanden sie.

So richtig locker-prima-cool.

Fanden sie.

Für alle Beteiligten.

Fanden sie.

Ich fand's weder locker-prima noch cool und schon gar nicht für alle Beteiligten. Man trennte sich nicht, ohne die wichtigste Person in der Familie zu fragen.

Mich.

Ich hätte nämlich *Nein* gesagt.

Solche Erfahrungen machen vorsichtig. Man entwickelt so was wie einen Spezialsensor für Dinge, die nicht stimmen. Deshalb bohrte ich diesmal lieber früh genug nach. Bevor wieder etwas passierte, das mir nicht gefiel.

»Was bitte meinst du mit Kinderhotel?«, fragte ich höflich, so wie Mama es mir beigebracht hatte.

Paps seufzte. »Das habe ich dir doch gerade erklärt. Hast du mir nicht zugehört?«

»Irgendwie schon«, antwortete ich. »Aber irgendwie auch nicht.«

Daran war die Monster-Wurmkolonie schuld, aber das sagte ich Paps nicht.

»Deine Mutter hat recht«, meinte er. »Du bist manchmal ganz schön unkonzentriert.«

Das sagte genau der Richtige! Wem rutschten denn hier die Würmer von der Gabel?

»So ein Kinderhotel ist eine gute Sache«, sagte Paps.

Ja, dachte ich. *Wenn man ein kleines Kind ist.*

Ich war kein kleines Kind mehr. Ich war zwölf. Na ja, erst in ein paar Wochen, aber in so wenigen, dass ich schon mal großzügig aufrundete.

»Denk doch nur, wie lustig ihr es haben werdet.«

Ihr? Was meinte er damit?

Der Wachhund in meinem Magen knurrte wieder. Diesmal nicht vor Hunger. Er wollte mich vor etwas warnen. Vor etwas furchtbar Schrecklichem. Ich hielt die Luft an.

Paps drehte ein paar neue Würmer auf die Gabel. »Die beiden Kleinen freuen sich auch schon riesig auf dich.«

Ach so! Erleichtert atmete ich auf. Meine Sensoren gaben Entwarnung, der Wachhund in meinem Magen hörte auf zu knurren. Paps sprach vom Urlaub auf Menorca! Dort sollte ich nämlich im Sommer für zwei Wochen hin. Mit Mama, Johannes und den Zwillingen Laura und Anni. Den Nervensägen. Also mit den Leuten, die gerade dabei waren, sich in meine Familie zu drängen. Zum Glück ging's danach mit Paps ab in die Wildnis. Auf Abenteuerurlaub.

»Wir gehen nicht ins Kinderhotel«, klärte ich Paps auf. »Laura und Anni wollen ein Ferienhaus mit Pool und einem Zimmer ganz für sich alleine.«

Für sich alleine hieß vor allem: ohne mich. Was mich überhaupt nicht traurig machte.

Verwirrt schaute Paps mich an. »Ich spreche nicht von Menorca. Ich spreche von *unserem* Urlaub.«

Jetzt war *ich* verwirrt. »Wir fahren doch zum Campen«, sagte ich. »Was soll das dann mit dem Kinderhotel.«

Paps legte die Gabel auf den Teller und seufzte schon wieder. »Ach Leon!«

Geduldig erklärte er mir, was ich vor lauter Würmer-Reinschaufeln nicht gehört hatte. Das Campen war gestrichen. Das Schlauchbootfahren und der Hochseilpark auch. Genau wie das Biken, das Goldsuchen, die Höhlenexkursion und all die anderen coolen Dinge. Paps hatte sich nämlich verknallt. In irgendeine Birgit mit irgendwelchen kleinen Rotzlöffelkindern. Diese Birgit fand, es wäre eine wunderbare Idee, wenn wir alle zusammen ins Kinderhotel fahren würden, wo wir uns kennenlernen konnten. Paps fand das auch.

Ich nicht. Nur: Mich hatte ja mal wieder keiner gefragt!

»In solchen Hotels haben sie tolle Spielplätze«, sagte Paps.

Ja. Für kleine Kinder. Ich war zwölf!

Mir war zum Heulen. Aber ich heulte nicht. Ich nahm es wie ein richtiger Kerl. Und dann fällte ich eine Entscheidung. Ich würde weder nach Menorca fliegen noch ins Kinderhotel fahren. Ich war zu alt für Rotzlöffel-Nervensägen und doofen Kinderkram. Ich würde …

Ich würde …

Also, ich würde …

Mir fiel nichts ein.

Gar nichts.

Ich dachte an all die Würmer in meinem Magen, die ich nur gegessen hatte, weil ich diesen dämlichen Abenteuertest bestehen wollte, der gar keiner war. Am liebsten hätte ich sie wieder ausgespuckt. Dass ich es nicht tat, verdankte Paps den pädagogischen Anwandlungen von Mama. Ich war einfach zu anständig dafür. Aber den Film, den er extra für uns auf DVD gekauft hatte, den guckte ich mir nicht an. Ich verzog mich in mein Zimmer. Total würdevoll. Das heißt, dass ich die Tür nicht hinter mir zuknallte und erst weinte, als ich allein war.

Die letzten beiden echten richtigen Kerle

Ich kroch in mein Schlaftipi mit den Tiermotiven an den Wänden. Stampfende Büffel, wilde Pferde, elegante Adler, die gesamte Tierwelt der Indianer. Sie verschwamm in einer Gewitterfront. Auf mein Kissen tropfte Wasser. Es kam nicht vom Himmel runter, sondern aus meinen Augen. Mann, ich flennte wie ein kleines Kind! Schnell zog ich mir die Decke über den Kopf, damit Paps mich nicht hören konnte.

Coole Typen weinen nicht. Richtige Kerle sowieso nicht. Nur ich weinte und weinte und weinte, bis ich in meinem Kissen schwimmen konnte. Ich meine, nicht in echt. Nur theoretisch. So theoretisch wie das Campen mit Paps. Auf jeden Fall war das Kissen ziemlich nass. Ich warf es aus dem Tipi, zog den Rotz hoch und schaute mich um.

Paps hatte sein Gästezimmer für mich zu einem Indianerlager gemacht. Mit Zelt, Marterpfahl und allem, was dazugehörte. Als ich klein war, hatte ich das bombig gefunden. Viel besser als das Zimmer bei Mama, wo ich in einem normalen Bett mit bunter Elefantenwäsche schlafen musste. Jetzt kam es mir nur noch kindisch und albern vor. Sogar Elefantenbettwäsche war besser als dieser Kinderhotelkram hier. Jawohl! Kinderhotelkram!

»Es reicht!«, sagte ich zu mir. Ich zerlegte das Tipi und schob den Marterpfahl hinter den Schrank.

Bestimmt hatte Paps die ganze Zeit gewusst, dass wir nie

campen gehen würden! Und ich hatte geglaubt, er sei ein richtiger Kerl, der seine Versprechen hält. Aber das war er nicht! Richtige Kerle waren anders. Sie waren wie … wie … wie … Onkel Mike! Mamas Bruder. Der coolste Typ, den ich kannte.

Onkel Mike wäre nie in ein Kinderhotel gefahren. Nicht einmal, als er noch ein Kind war. Manchmal fragte ich mich, ob er wohl adoptiert war. Er war *viel* jünger als Mama, und er tat lauter Dinge, die sie nie tun würde. Er zog Klamotten an, die sie mich nicht anziehen lassen würde. Er machte Musik, die sie nicht leiden konnte. Mit Texten, die sie mir am liebsten verboten hätte. Und er redete so, wie ich nicht reden durfte. Richtig abgefahren. Onkel Mike war nämlich ein Gängsta-Rapper. Zumindest war er das gewesen. Vor ein paar Jahren. Er hatte die Charts gestürmt und war im Fernsehen aufgetreten. Bis sein zweites Album floppte. Was er jetzt tat, darüber waren sich Mama und Paps nicht einig. Mama redete von einer kreativen Auszeit. Ging es nach Paps, war Onkel Mike ein arbeitsloser Träumer, der nicht gemerkt hatte, dass seine Zeit abgelaufen war. Es hörte sich bei beiden nicht besonders ehrlich an. Ich glaube, Mama hoffte, dass Onkel Mike sich endlich einen vernünftigen Job suchte. Und ich verdächtigte Paps, neidisch auf Onkel Mikes freies Leben zu sein.

Auf ihrer letzten Geburtstagsfeier hatte sich Mama Onkel Mike geschnappt und in die Küche gezogen. Sie dachte, sie wäre allein mit ihm. Aber ich war auch dort, weil ich heimlich schon mal von der Geburtstagstorte genascht hatte. Jetzt versteckte ich mich zwischen der offenen Tür und der Wand und hoffte, dass sie mich nicht sehen konnten.

»Du gehst zu weit, Michi«, zischte sie.

Er steckte seinen Finger in die Schokocreme, zog ihn raus und leckte ihn ab. »Nun bleib doch mal locker, Schwesterherz!«

»Locker?« Mama quietschte wie eine Fahrradkette, die man dringend ölen sollte. »Du hast gerade Großonkel Hubert einen reichen alten Sack genannt.«

Onkel Mike tunkte den Finger erneut in die Creme. »Und?«, fragte er. »Genau das ist er doch!«

Mama holte tief Luft, um ihre pädagogischen Anwandlungen auch an Onkel Mike auszulassen. Bevor sie etwas sagen konnte, war sein Finger samt Schokocreme in ihrem Mund.

»mimm ofot en iner a ...«

Onkel Mike lachte.

Und dann geschah etwas total Verrücktes. Mama leckte die Creme von seinem Finger. Danach tauchte sie ihren Finger auch in die Schüssel und strich ihn über Onkel Mikes Nase. Er rächte sich mit einem Tupfer auf ihre Wange. Dabei grinste er die ganze Zeit. Mama gluckste und gackerte. Ich brauchte eine Weile, bis ich begriff, warum sie so komische Geräusche machte. Es war ihre Art, laut zu lachen.

Mann! Wenn ich mir so was geleistet hätte, von wegen Finger in die Schüssel und Creme herumschmieren, hätte es doppelten Hausarrest mit viermal Staubsaugen gegeben. Mindestens. Aber das fiel mir erst viel später ein. In dem Moment, als Mama gackerte, hörte sie sich einfach nur glücklich an. Das war ein richtig gutes Gefühl, nach all den Streitereien mit Paps.

»Muss ich noch lange warten?«, rief Großonkel Hubert aus dem Wohnzimmer.

Mama hörte sofort auf zu gackern. »Komme gleich!«, rief sie und wischte sich den Tupfer von der Wange. Schade. Sie hatte damit ein wenig wie eine Indianerin auf Kriegspfad ausgesehen. Hätte mir gefallen, wenn sie Großonkel Hubert skalpiert hätte. Oder ihm wenigstens seine schmierigen Haarsträhnen abgeschnitten hätte. Großonkel Hubert war nämlich nicht nur ein reicher alter Sack. Er war ein reicher alter

Kotzbrocken-Sack, der meinte, man müsse nett zu ihm sein, bloß weil er reich war.

Mama wurde wieder zu Mama. Sie huschte zurück ins Wohnzimmer und bot Großonkel Hubert einen Nachschlag an.

Das Grinsen verschwand aus Onkel Mikes Gesicht. Als hätte es jemand ausgeknipst. Er schloss die Küchentür, setzte sich an den Tisch und starrte ins Leere.

Und genau da war ich. In diesem unendlich Leeren, in das Onkel Mike starrte.

»Was tust du denn hier?«, fragte er.

Wie Mama vorhin kam ich nicht dazu, etwas zu sagen. Er war schneller. »Du hast von der Torte genascht, stimmt's?«

»Nö«, log ich automatisch. Ich meine, wer gibt schon freiwillig zu, heimlich genascht zu haben.

Andererseits … Mama und Onkel Mike hatten es auch getan. Wieso sollte ich also lügen?

»Klar doch«, korrigierte ich mich.

Das Grinsen klebte wieder in Onkel Mikes Gesicht. Ein bisschen schief, was ihn ziemlich verwegen aussehen ließ.

»Bist ein cooler Typ«, sagte er. »Genau wie deine Mutter früher.«

Irgendwie musste er auf eine falsche Erinnerungs-Umlaufbahn geraten sein. Wie eine Rakete, die statt um den Mond um einen Haufen Satellitenschrott kreist.

»Mama war noch nie cool«, klärte ich ihn auf. »Mama ist vernünftig. Und organisiert. Und …«

»Und?«

»Pädagogisch drauf.«

Ich konnte sehen, wie die Umlaufbahn Onkel Mike ausspuckte und seine Erinnerungen beim Eintritt in die Wirklichkeit verglühten. Ich konnte auch sehen, wie traurig ihn das machte.

Schon mal einen traurigen Gängsta-Rapper gesehen? Ist kein schöner Anblick, echt nicht. Schlimmer als Geranien, die man zehn Wochen nicht gegossen hat. Ich weiß, wie das aussieht, weil Oma das mal passiert ist. War nichts mehr zu retten. Onkel Mike war natürlich keine tote Geranie, er sah nur so aus. Hätte ihn seine Konkurrenz in diesem Zustand vor die Augen bekommen, wäre auf der Stelle das große Dissen losgegangen.

»Bist du okay?«, fragte ich.

Zugegeben, das war eine selten dämliche Frage, aber ich versuchte, erwachsen zu klingen, und Erwachsene stellen in solchen Situationen nun mal solche dämlichen Fragen.

»Nein!« Aus Onkel Mikes Mund kam ein trauriger Seufzer. »Mir geht's beschissen.«

Ich war tief beeindruckt, denn ich hatte gelernt, Fragen dieser Art mit einem *Ja* zu beantworten. Weil bei einem *Nein* das große Nachbohren begann. Sämtliche W-Fragen wurden ausgepackt. Was? Warum? Wieso? Wer …? Bis einem der Schädel brummte und man zu allem Elend auch noch Kopfweh bekam. Wer will schon Kopfweh, wenn es ihm sowieso schon beschissen geht? Ich nicht. Onkel Mike bestimmt auch nicht. Er war nicht okay. Das konnte ich sehen und er hatte es mir soeben bestätigt. Damit war alles gesagt. Dachte ich.

»Glaub mir. Sie war mal cool.« Onkel Mike seufzte schon wieder. »Vielleicht hat sie ja recht, und sie ist vernünftig geworden und ich sollte das auch werden.«

NEIN, wollte ich schreien, kam aber nicht dazu. Denn Onkel Mike ist Rapper, und Rapper geben Gas, wenn sie erst mal losgelegt haben. Auch traurige, geranientote Rapper. Die ganz besonders. Ich hatte keine Zeit, mich anzuschnallen, nicht mal in Gedanken, um einigermaßen gesichert durch den Wortschwall zu kommen, der sich über mich ergoss.

»Weißt du, sie hat immer alles im Griff. Deine Mutter. Meine große Schwester. Gut, das mit deinem Vater vielleicht nicht, das ist schiefgegangen. Aber schau dich an, du bist richtig toll, vielleicht etwas zu anständig, dafür schwer in Ordnung. Du wirst einen guten Schulabschluss hinlegen und was Interessantes studieren. Ich hab geschmissen. Wie alle immer gesagt haben. Okay, ich war ein Star. Ich war im Fernsehen. Hatte die heißesten Chicks. Mann, ich war echt wer. Gängsta X. Nummer eins der Charts. Und jetzt? Ist der verdammte Gängsta-Rap out, so was von out, mein Label will ein neues Album, keinen Gängsta-Rap, was Neues, eine Nummer eins, irgendwas genial Abgefahrenes. Bis Herbst. Verdammt. Ich habe keinen Plan, was die wollen. Schon gar keinen, was ich machen soll. Verstehst du? Null Plan. Ich weiß nur, dass die mir im Nacken sitzen. Und dass ich weg vom Fenster bin, wenn ich nicht liefere. Kein Erfolg, keine Kohle, keine heißen Frauen.«

Endlich holte er Luft.

»Gängsta-Rap ist voll out«, fasste ich zusammen, was ich von all dem Geschwallten verstanden hatte. Das war das Falsche. Onkel Mike sah noch toter aus als eine tote Geranie.

»Ich habe mir ein Haus in den Bergen gemietet«, sagte er. »Weit weg von allem.«

In den Bergen? Weit weg von allem? Es gab nur einen Grund, warum ein Gängsta-Rapper so etwas tun sollte. »Um dich umzubringen?«, fragte ich.

Onkel Mike schaute mich an, als sei ich ein grünes Männchen von einem anderen Planeten. Dann lachte er schallend los. Von wegen tote Geranie! Den Typ hatte gerade jemand gedüngt. Mit Super-Spezial-Dünger.

»Umbringen? Wie kommst du denn darauf?«

Ich wollte ihm etwas über gestorbene Geranien erzählen, aber er war schneller.

»Ich werde einen neuen Trend setzen. Die Musik neu erfinden! In der Abgeschiedenheit der Berge, wo der Mann auf sein wahres Ich zurückgeworfen ist.«

Also, das verstand ich. Alles. Das mit dem neuen Trend. Noch mehr das mit dem wahren Ich. Denn das ist es, was einen wirklich richtigen Kerl ausmacht. Beinahe hätte ich Onkel Mike umarmt. Einmal dafür, dass er sich nicht umbringen wollte, und einmal dafür, dass er so war, wie ich sein wollte.

»Du bist ein echter richtiger Kerl«, sagte ich.

»Ich bin ein echter richtiger Kerl«, antwortete Onkel Mike. Er klang dabei wie unser Religionslehrer, wenn er von der Erleuchtung spricht. »Das ist es! Wir beide sind die letzten echten richtigen Kerle! Leon, lass uns Blutsbrüderschaft schließen.«

Exakt das taten wir. Wir schnitten uns in die Finger. Natürlich kam Mama ausgerechnet in dem Moment in die Küche zurück, als sich unser Blut vermischte und ein Teil davon auf den Tisch tropfte. Sie warf Onkel Mike auf der Stelle raus und schickte mich ins Zimmer. Ohne Geburtstagstorte. Mit der Androhung auf doppelten Hausarrest und vierfaches Staubsaugen.

Zwei Wochen später erhielt ich einen Brief. In einem dünnen Umschlag. Mit einem blau-weiß-roten Rand. Innen drin war eine Postkarte mit Bergen und einem kleinen See. Fast wie bei »Heidi«, nur noch ein bisschen kitschiger. Vorne drauf stand *Grüße aus dem Alpenkaff.* In einer Schrift, für die mich meine Deutschlehrerin dazu verdonnert hätte, hundertmal den Satz *Ich muss schöner schreiben* zu schreiben. Ich hatte keine Ahnung, wer mir so was Abgefahrenes schickte. Bis ich die Karte umdrehte. Der Text bestand nur aus einer Adresse. Ohne Namen. Das war nicht nötig. Der blutige Fingerabdruck konnte nur von einem stammen: Onkel Mike.

Diese Karte fiel mir ein, als ich in meinem entrümpelten Zimmer in Paps' Wohnung lag. Plötzlich sah ich alles völlig klar. Es war wie eine Erleuchtung. Mein Religionslehrer wäre stolz auf mich gewesen. Die Karte mit der Adresse war eine geheime Einladung! Darum hatte Onkel Mike sie in einen Umschlag gesteckt. Mein Blutsbruder rief mich zu sich in die Berge. Dorthin, wo das Abenteuer wartete und echte Kerle ihr wahres Ich auslebten. Er und ich. Ich wusste mit absoluter Sicherheit, was ich tun wollte: Klaus-Dieter schlachten und mir mit dem Geld eine Fahrkarte kaufen.

Aus der Erleuchtung wurde noch am selben Abend ein Plan. Mein Plan A. Natürlich weiß ich, dass man immer einen Plan B haben sollte, aber mein Plan A war so obergenial, dass ich keinen Plan B brauchte.

Vielleicht sollte ich erklären, wer Klaus-Dieter ist. Klaus-Dieter ist mein Sparschwein. Und vielleicht sollte ich auch erklären, wohin ich mit der Fahrkarte wollte. Nach Hinter-Oberdorf. Zu Onkel Mike. Um den ganzen Sommer mit ihm zu verbringen. In diesem Alpenkaff, wo es garantiert keine Kinderhotels gab!

Wie man ein Tiger-Schwein ausweidet

Für Blutsbrüder gelten Indianerregeln. Regel Nummer 1: *Indianer schweigen wie ein Grab.* Das war gar nicht so einfach, denn Mama spürte sofort, dass etwas nicht stimmte, als ich von Paps zurückkam. Ich schob die Schuld auf Regenwürmer in Matschsauce, setzte ein leidendes Gesicht auf und verkroch mich in mein Zimmer.

Mein Zimmer bei Mama sieht aus wie die meisten Zimmer von Jungs. Nur ohne die Poster von scharfen … ähm … hübschen weiblichen Popstars an den Wänden. Mama fand die zu obszön. Das Wort hatte ich googeln müssen. Es bedeutet in etwa *zu sexy* oder, wie Onkel Mike sagen würde, *zu heiß.* Also hängte ich die Poster nicht auf, sondern versteckte sie unter den Winterpullovern und guckte sie mir an, wenn Mama nicht da war.

Etwas schwieriger als das mit dem Schweigen und dem Bewahren von Geheimnissen ist Indianerregel Nummer 2: *Indianer kennen keinen Schmerz.* Bei dieser Regel gibt es Grenzen. Leider. Mit gut vierzig Sachen einen Salto über den Lenker des Mountainbikes zu machen und dann auf einer Baumwurzel aufzuprallen, das hatte wehgetan. So richtig weh. Da hatte ich mich fast nicht für meine Tränen geschämt.

Klaus-Dieter in die Augen zu schauen, den Hammer in der Hand, das tat auch weh. Dafür schämte ich mich so richtig, auch wenn ich keine Tränen in den Augen hatte. Ich meine, welcher echte Kerl kriegt Herzflattern und Muffensausen, wenn er ein orange-schwarz gestreiftes Sparschwein erschlagen soll? Kein einziger. Nur ich.

Ich saß vor Klaus-Dieter und erinnerte mich daran, wie wir ihn gekauft hatten. Mama, Paps und ich. Im Laden eines Vergnügungsparks.

»Ein Biene-Maja-Schwein«, hatte Paps gesagt und gegrinst.

»Ein dickes Tiger-Schwein«, hatte meine Mutter geantwortet und gelacht.

»Klaus-Dieter«, hatte ich ernsthaft erklärt.

Ich war damals vier. Wir waren noch eine Familie. Eine richtig glückliche Familie.

Nein, ich konnte Klaus-Dieter nicht schlachten. Unmöglich. Auch wenn ich ein richtiger Kerl war und Indianer keinen Schmerz kennen. Ich musste mein Tiger-Schwein ausweiden. Also verbrachte ich die nächsten paar Abende damit, jede einzelne Münze mithilfe eines dünnen Messers aus dem Spalt zu bekommen, durch den sie vorher nur so durchgeflutscht war. Die Kunst bestand darin, keinen Lärm dabei zu machen.

Am Ende hatte ich genug Geld für eine einfache Fahrkarte nach Hinter-Oberdorf und etwas Reiseproviant. Wie ich aus diesem Ort, der nach dem Ende der Welt klang, zurückkommen sollte, musste ich mir später überlegen.

Die Preise suchte ich mir nicht im Internet heraus. Ich ging zum Informationsschalter der Bahn. Mama checkt nämlich ab und zu, auf welchen Webseiten ich mich so rumtreibe. Natürlich lösche ich den Verlauf der aufgerufenen Seiten, aber manchmal vergesse ich das, und dann ist die Hölle los, vor allem wenn ich mir auf YouTube *obszöne* Filme angeschaut habe. Oder zumindest solche, die Mama dafür hält.

Nachdem ich meinen Plan A weiter ausgearbeitet hatte, blieb

nur ein einziges Problem. Ein ziemlich großes Problem. Wie schaffte ich es zu verschwinden, ohne dass meine Eltern eine Super-Spezial-Suchaktion nach mir starteten? Mit Polizei, Vermisstenmeldungen im Fernsehen und dem ganzen Gedöns.

Darüber grübelte ich ein paar Nächte lang nach. Weil das nicht reichte, nahm ich die Unterrichtszeit dazu. Blöderweise kann man nicht über so etwas Entscheidendes nachdenken und gleichzeitig aufpassen, weshalb ich mir prompt eine schlechte Note in Englisch einhandelte. Ich hatte schlicht nicht gehört, dass Frau Brinkmeier einen Vokabeltest angekündigt hatte.

»Brauch sowieso kein Englisch auf Menorca«, erklärte ich Mama. »Dort reden sie Italienisch.«

»Spanisch«, verbesserte sie mich wie ein automatisches Korrekturprogramm. »Ach Leon.«

Habe ich schon gesagt, dass ich mir manchmal einen anderen Namen wünsche? Ryker. Oder Baxter. Oder Preston. Leon heißen Jungs in Kinderbüchern, aber doch nicht richtige Kerle. Außerdem würde kein Mensch, nicht einmal Mama, *Ach, Ryker* seufzen. Geht gar nicht. Hab's ausprobiert. Vielleicht sollte ich eine Namensänderung beantragen, sobald ich volljährig bin. Erst einmal muss ich aber zwölf werden.

Mama war enttäuscht und büffelte die nächsten Tage Englischvokabeln mit mir. Ich hatte keine Chance, nebenher über etwas anderes nachzudenken. Also tat ich es während des Turnunterrichts. Das war auch keine gute Idee. Ich bekam den Ball mitten ins Gesicht. Danach sah meine Nase aus wie ein überdimensioniertes Radieschen. Einem Ryker wäre so etwas nicht passiert! Ich verlegte das Nachdenken wieder auf die Nacht.

Der rettende Einfall schlug ein wie der Blitz. Nicht in der Nacht. Nicht im Unterricht. Sondern auf dem Pausenhof. Ich würde eine Videobotschaft hinterlassen! Briefe schreiben ist nämlich nicht so einfach, weil Erwachsene immer zwischen den Zeilen lesen statt nur genau das, was da steht.

Ein Beispiel: Wenn man schreibt

Ich gehe zu Onkel Mike. Macht euch keine Sorgen. In fünf Wochen bin ich wieder zurück.

lesen Erwachsene

Ich habe euch nicht mehr lieb, und deshalb will ich euch nie mehr sehen. Ich haue für immer ab. Natürlich müsst ihr euch Sorgen machen, denn ich bin kreuzunglücklich, weil so ein gebrochenes Herz extrem grausam wehtut. Nur damit das klar ist: Ich fahre gar nicht zu Onkel Mike. Ich verkrieche mich in einem einsamen Wald, in dem ich mich umbringen werde. Die fünf Wochen sind nur Ablenkung, damit ihr mich solange nicht sucht. Danach bin ich verhungert, falls das mit dem Umbringen nicht klappt. Und dann seid ihr selber schuld, dass ihr mir das mit diesen fünf Wochen geglaubt habt. Überhaupt, am meisten Schuld hat Onkel Mike, der hat mich nämlich mit seinen toten Geranien angesteckt.

Seht ihr, was ich meine? So was geht nicht. Sobald meine Eltern diesen Brief gefunden hätten, wären sie zur Polizei gegangen, bevor ich überhaupt bei Onkel Mike angekommen wäre.

In einer Videobotschaft gibt es keine Zeilen, zwischen denen man lesen kann, was jemand gar nicht sagen will. Und cooler als ein Brief ist sie allemal.

Den Rest der Nacht zu schlafen, war unmöglich. Ich musste mein Meisterwerk an Kurzfilmkunst planen, von dem mein ganzer Sommer abhing. Leider war ich am nächsten Tag so schrecklich müde, dass ich auch den Mathetest in den Sand setzte. Mama seufzte nicht. Viel schlimmer. Sie schaute mich mit diesem *Ich-bin-furchtbar-besorgt-um-dich-Leon-was-ist-mit-dir-los*-Blick an. Ich tat, als ob ich es nicht gesehen hätte.

Ein bisschen ein schlechtes Gewissen hatte ich schon. Aber nur, bis ich Mama mit Johannes telefonieren hörte. »Ja, Leon freut sich auch schon riesig auf die Mädchen und auf Menorca.«

Genau. Ungefähr so riesig wie auf einen Besuch beim Zahnarzt. Zum Glück hatte ich Plan A.

Bauchgrummeln

Das mit dem Filmen hatte ich mir einfacher vorgestellt. Schon ein gutes Selfie, auf dem man nicht schielt und die Nase nicht aussieht wie eine Knolle, ist eine Kunst. Aber haltet euch mal das Handy vors Gesicht und filmt! Abgesehen davon, dass das Bild wackelte und immer ein Teil meines Gesichts fehlte, kam ich rüber wie ein drittklassiger Schauspieler. Ich positionierte das Handy und ging auf Abstand. Nach ungefähr einer Million Versuche hatte ich meinen Film. Voll klar und ohne etwas zwischen den Zeilen.

Liebe Mama, lieber Papa!
Ich haue nicht ab, weil ich euch nicht lieb habe. Ich haue überhaupt nicht ab. Ich mache Ferien. Solche, wie ich will. Bei wem, verrate ich nicht, aber ihr müsst euch keine Sorgen machen. Ich bin keine tote Geranie. Und ich hab auch kein gebrochenes Herz. Mir tut nichts grausam weh. Ich fahre nicht in einen einsamen Wald. Ich will mich nicht umbringen oder zu Tode hungern. Ich bin einfach nur fünf Wochen weg. Das ist nicht eure Schuld. Na ja, ein bisschen schon. Aber nur ein bisschen. Ich bin nämlich zu alt für so blöde Kinderferien.
Und Paps, mal ehrlich, deine Spaghetti sollte man dem Tierschutz melden.

Ich war bereit. Doch die Ferien ließen sich Zeit. Jeden Tag, den sie näher kamen, schienen sie weiter weg. Wie wenn man durch ein umgekehrtes Fernrohr schaut. Die Lehrer drückten noch einmal volle Pulle aufs Stresspedal und sagten einen Test nach dem anderen an. Ich hängte mich rein. Vor allem in Englisch. Schließlich wollte ich mit Onkel Mike zusammen Songs schreiben.

Dann war er endlich da, der letzte Schultag vor den Ferien. Mit ihm kam erst mal nicht die Freiheit, sondern das Zeugnis. Obwohl ich am Ende alles gegeben hatte, war Mama nicht zufrieden. Natürlich sagte sie das nicht so direkt.

»Du hast viel mehr Potenzial, Leon«, meinte sie. Das mit dem Potenzial sagte sie seit der Scheidung jedes Mal. Bloß weil meine Noten nicht mehr so gut waren wie früher. Aber versuch mal, deinen Kopf für Matheformeln frei zu halten, wenn du dir immer wieder neue Namen von irgendwelchen Leuten und ihren Kindern merken musst, die sich in die Familie drängen, ob du nun willst oder nicht. Denn wie bei der Scheidung ist es so, dass mich ja keiner fragt. Nicht einmal mehr Paps. Was er zum Zeugnis sagen würde, wusste ich. Weil auch er seit der Scheidung jedes Jahr dasselbe sagte. »Nicht übel, aber für den Chefsessel in der Bank reicht es nicht ganz.« Als ob ich das wollte! Banken interessierten mich nicht. Ich hatte ja Klaus-Dieter. Beim Gedanken an das leere Tiger-Schwein grummelte es wieder in meinem Bauch.

»Du wirst doch nicht etwa krank?«, fragte Mama besorgt.

Sie ist keine Ärztin oder Krankenschwester oder so. Sie arbeitet in einem Büro. Trotzdem kann sie manchmal durch mich hindurchgucken wie ein Röntgenapparat. Ich finde das ziemlich unheimlich.

»Zu viel Kuchen gegessen in der letzten Schulstunde«, log ich.

Mama wollte meine Sachen packen, aber ich beharrte darauf, es selber zu tun. Nur mit Mühe und Not konnte ich sie davon abhalten, den Inhalt meines Rucksacks zu kontrollieren.

»Ein Rucksack?«, fragte sie. »Willst du nicht lieber eine Tasche oder einen Rollkoffer nehmen?«

»Nein.«

Ich kam ziemlich trotzig rüber. Was nicht fair war, weil Mama nichts dafür konnte, dass Paps sich von Abenteuerferien zu Kinderhotel umentschieden hatte.

»Wir machen vielleicht Ausflüge in den Wald«, hängte ich als Begründung an. Dabei versuchte ich, begeistert zu klingen.

Mama fuhr mir durch die Haare. »Du wirst sie mögen.«

Ich weiß nicht, ob sie damit die Flamme von Paps oder die beiden Rotzlöffelkinder meinte oder alle drei.

»Bestimmt«, murmelte ich.

»Ihr werdet eine tolle Zeit haben.« Sie lächelte mich an. Es war kein echtes Lächeln, sondern so eins, das nicht bis zu den Augen reicht.

»Ja«, sagte ich tapfer. »Ich freue mich.«

Das war das Falsche, denn jetzt glitzerten Tränen in ihren Augen. Wie man es auch macht, es ist nie richtig. Hätte ich gesagt, dass ich mich nicht freue, hätte sie mir befohlen, mich zu freuen, und wäre dann traurig gewesen, dass ich mich auf einen Urlaub ohne sie freue. Ich verstehe die Erwachsenen einfach nicht!

Zum Abschied kochte Mama etwas total Ungesundes. Pommes mit Schnitzel. Es roch fantastisch, aber in meinem Mund schmeckte es nach Pappe. Bis jetzt hatte ich nur ein Geheimnis gehabt. Nun fing das Lügen an. Das schlug mir voll auf den Appetit.

Nach dem Essen kam Paps, um mich abzuholen. Mama erteilte ihm eine Million Ratschläge und umarmte mich, als würde ich zu einer Weltraummission aufbrechen. Sogar während sie mich an sich drückte, prasselten ihre Ratschläge auf mich ein. Und selbst nachdem sie mich endlich losgelassen hatte, ging das weiter. Ich glaube, Mütter sind so was wie multifunktionale Sammelbehälter für sämtliche Ermahnungen und Lebensweisheiten der Welt.

»Ruf mich an, wenn ihr angekommen seid«, sagte sie zu mir.

»Macht er«, antwortete Paps für mich.

»Mach ich«, plapperte ich ihm wie ein Papagei nach.

»Pass auf dich auf!«

»Macht er«, antwortete Paps.

Ich sagte nichts mehr. Wozu auch? Die beiden erledigten das ganze Reden allein. Auch meinen Teil. Ich ging zum Auto, verstaute meine Sachen im Kofferraum und stieg ein. Mit verschränkten Armen wartete ich auf Paps.

»Na, bereit?«, fragte er.

»Ja.«

Mama mit ihren Sensoren hätte wahrscheinlich gemerkt, dass mit diesem *Ja* etwas nicht stimmte. Paps nicht. Irgendwie tat er mir leid. Er sah so glücklich aus. Ich glaube, Paps freute sich wirklich auf den Urlaub im Kinderhotel, und er dachte wahrscheinlich, ich würde mich auch freuen.

»Ich bin froh, dass du mir das mit unseren geplatzten Campingferien nicht übel nimmst.« Er drehte den Zündschlüssel. »Du wirst Birgit und die Mädchen mögen.«

»Hmmm«, murmelte ich.

Das war die falsche Antwort. Paps dachte wohl, dass da noch etwas Überzeugungsarbeit fällig war. Während der Fahrt redete er von nichts anderem als von Birgit und ihren Kindern, die es kaum erwarten konnten, mit mir auf der Hüpfburg herumzutoben und Ponyreiten zu gehen. Mädchenkinderkram halt. Mein Gewissen grummelte mit jedem Kilometer, den wir zurücklegten, ein bisschen weniger.

Der frühe Vogel trifft Frankenstein

Paps ist ein echter Morgenmuffel. *Der frühe Vogel kann mich mal* ist einer seiner Lieblingssprüche. Er meint damit diese Redewendung vom frühen Vogel, der den Wurm fängt. Ich habe den nie verstanden. Genauso wenig wie den mit der Morgenstund, die Gold im Mund hat. Wobei Gold im Gegensatz zu einem Wurm immerhin etwas Wertvolles ist. Nun mal im Ernst: Ich will weder das eine noch das andere im Mund haben. Schon gar nicht am Morgen in aller Herrgottsfrühe. Da komme ich ganz nach Paps.

Für Plan A musste ich meinen Handywecker auf fünf Uhr stellen. Eine Zeit, in der sogar die frühen Vögel noch schlafen. Aber eigentlich hätte ich gar keinen Weckruf gebraucht. Ich lag nämlich schon weit vor fünf Uhr hellwach im Bett. Mit einem gemeingefährlichen Herzschlag und so was Ähnlichem wie einem riesigen Goldklumpen im Magen.

Wenn ich Listen führen würde, würde ich mit den überflüssigsten Dingen der Welt anfangen. Gleich nach *Urlaub im Kinderhotel* (wenn man älter als 9 Jahre ist) kämen *Sprichwörter über den Morgen.* Aber ich führe keine Listen. Listen sind doof. Zum Beispiel die Löffelliste. Also die Liste mit den Dingen, die man unbedingt tun will, bevor man stirbt. *Nicht sterben* würde ich schreiben. Damit wäre die Liste schon fertig. Oder die Liste mit den zehn Frauen, die man gerne heiraten würde. Da fällt mir nur eine Antwort ein. *Keine.*

Ganz leer blieb morgens um fünf meine Liste *Was man gegen ein schlechtes Gewissen tun kann.* Es grummelte jetzt nicht mehr. Viel schlimmer! Es stocherte und pikte wie blöd in mir herum. Plötzlich musste ich dringend aufs Klo. Dort schaute ich in den Spiegel. Coole Typen sehen definitiv anders aus als dieses Bleichkäsegesicht, das mir entgegenblickte. Ich streckte ihm die Zunge raus. Dann versuchte ich auszusehen wie Onkel Mike auf dem Cover seines ersten Albums. Obwohl ich die Augen zu engen Schlitzen zusammenkniff, den Mund zu einem verächtlichen Grinsen verzog und die Arme verschränkte, kam ich nicht über die Stufe *halbstarker-Bubi-macht-einen-auf-Macker* hinaus.

Ich gab auf. Statt an einer Mackervisage versuchte ich mich an einem unschuldigen Gesichtsausdruck, für den Fall, dass ich Paps geweckt hatte. Das Resultat war erbärmlich. Zum Glück hielt Paps sich auch an diesem Morgen an sein Motto vom frühen Vogel, der ihn mal konnte. Er schlief wie ein Stein, als ich mich in goldener Morgenstund klammheimlich aus dem Haus schlich. Nicht, um den frühen Vogel zu erwischen, sondern den Zug um sechs Uhr zwölf.

Vor mir lagen beinahe sechs Stunden Fahrt mit dreimal Umsteigen. Ich hielt mich an den Rat meines Kumpels Harry: *Behalte immer deine Kopfhörer auf, wenn du alleine Bahn fährst.* Er muss es wissen, denn schließlich pendelt er wegen seiner getrennten Eltern zwischen zwei Städten hin und her, die mehr als hundert Kilometer auseinanderliegen. Die Kopfhörer braucht er als Kampfabwehrmaßnahme gegen ältere Damen, die mit ihm plaudern wollen. Entweder, weil sie ihn süß finden, oder weil sie über seine Eltern schimpfen wollen, die ihn alleine mit einem Fernzug reisen lassen. Auf so was hatte ich nach all den haarsträubenden Schilderungen von Harry keine Lust. Ich setzte die Kopfhörer auf, schaute aus dem Fenster, hörte Onkel Mike zu und konnte es kaum erwarten, ihn zu sehen.

Beim ersten Umsteigen schickte ich Mama und Paps die Videobotschaft, damit sie sich keine Sorgen machten. Und um mein rabenschwarzes Gewissen zu beruhigen. Na ja, ehrlich gesagt ein bisschen auch, weil ich Angst hatte, auf einer Suchliste der Polizei zu landen. Keine Minute später begann das Handy zu vibrieren. Mamas Nummer erschien auf dem Display. Das war typisch für sie. Sie machte sich trotz der glasklaren Botschaft Sorgen, weil sie sich immer Sorgen macht. Also schickte ich ihr eine SMS.

Mir geht es gut. Mach dir keine Sorgen.

Den zweiten Satz löschte ich wieder. Weil sich Mama sonst fragte, worüber sie sich keine Sorgen machen sollte. Danach schaltete ich das Handy aus und stritt mit meinem schwarzen Gewissen. Beim nächsten Umsteigen war es nur noch dunkelgrau. Obwohl ich keinen Hunger hatte, kaufte ich mir von meinem letzten Geld ein Brötchen, zwei Schokoriegel und einen Saft. Möglicherweise gab's draußen auf dem Land keinen Bahnhofsladen, und irgendwann musste der Mensch ja essen.

Beim dritten Umsteigen standen Polizeibeamte auf dem Bahnsteig. Mein Herz wummerte los. Lief eine Großfahndung nach mir? Flog ich auf und wurde gleich zur nächsten Polizeistation gebracht? Mit jeder Frage wurde das Wummern in meiner Brust lauter. Aber ich wurde nicht verhaftet. Die Polizisten hielten mich nicht einmal an, um mich zu fragen, warum ich alleine unterwegs war. Trotzdem stieg ich schnell in den Zug, der schon bereitstand. Langsam ratterte er aus der Station und hielt auf seiner Fahrt in jedem Ort an. Es dauerte ungefähr fünf Haltestellen, bis mein Herz nicht mehr wummerte wie blöd. Und dann noch drei, bis es wieder normal schlug. Die Aufregung verdrängte mein schlechtes Gewissen. Na ja, beinahe.

An der Endstation wartete ein Bus. Auf den Bus wartete ein fideles Grüppchen von alten Leutchen auf ihrem Seniorenausflug. Sie sangen Lieder, die noch viel, viel älter waren als sie selbst.

Im Frühtau zu Berge wir ziehn, fallera!

Onkel Mike wäre tot umgefallen.

Höflich, wie Mama es mir beigebracht hatte, stellte ich mich hinten an. Als ich endlich einsteigen konnte, war nur ein einziger Platz übrig. Natürlich neben einer alten Dame. Sie bot mir selbst gebackene Kekse an und erzählte von früher. Also, ich habe keine Ahnung, wen Harry so trifft auf seinen Reisen. Ich fand die Dame ungefähr so süß wie sie mich. Leider stieg sie vor mir aus. Alle stiegen vor mir aus. Zuerst die Reisegruppe. Dann die übrigen Fahrgäste. Einer nach dem anderen. Am Ende blieben nur noch ich und der Busfahrer übrig.

Wir schraubten uns über eine Million Kurven in die Höhe, fuhren in eine enge Schlucht und kamen in einem wilden Tal wieder raus. Der letzte Krachen hieß Hinter-Oberdorf. Irgendein Witzbold hatte nach dem »R« ein »N« eingefügt. *Hintern-Oberdorf.* Ziemlich passend für ein Kaff am Arsch der Welt, fand ich.

»Aussteigen«, knurrte der Fahrer, der bis jetzt kein Wort gesprochen hatte. Er sah ein bisschen aus wie Frankenstein.

Easy, sagte ich mir. *Immer schön ruhig bleiben.*

»Wo ist das Haus, in dem der Musiker wohnt?«, fragte ich.

»Welcher Musiker?« Der Fahrer legte seine Stirn in Falten, die es mit jedem Mops aufnehmen konnten. »Der Ziehharmonikaspieler, der Alphornbläser, der Trompeter oder die Höllenlärm-Paula?«

»Der Rapper.«

»So verrücktes, neumodisches Zeugs macht bei uns keiner.«

»Der aus der Stadt«, erklärte ich.

Die Mundwinkel des Fahrers bewegten sich nach oben, sein Gesicht zog sich in die Breite, und ich schaute in die coolste Monster-Zahnlücke, die ich je gesehen hatte. Das Grinsen reichte von Ohr zu Ohr. »Du meinst diesen Macker-Spinner?«

Den meinte ich wohl. Ich nickte.

»Beim Dorfausgang über die Brücke und dann immer dem Bach nach. Kannst es nicht verpassen, es ist das einzige Haus im Tobel.« In aller Seelenruhe pappte er eine verrutschte Haarsträhne zurück auf seine Glatze. »Bist du sicher, dass du den Verrückten besuchen willst?«

»Hab's gern verrückt«, antwortete ich.

Da warf er den Kopf in den Nacken und lachte so sehr, dass sich die Haarsträhne wieder löste und in seine Mopsfurchenstirn fiel.

»Der letzte Bus aus dem Tal raus fährt heute Abend um halb sechs. Für den Fall, dass du abhauen willst.«

Ich wollte nicht abhauen. Und selbst wenn: Ich konnte gar nicht. Mein Ticket endete hier. Ohne Rückfahrt. Gut, ich gebe zu, dass mir ein wenig mulmig war, aber darum ging es ja, nicht wahr? Ich meine, wer keine Angst haben und nichts erleben will, der fährt ins Kinderhotel. Oder nach Menorca. Für Leute wie mich war das Ende der Welt genau der richtige Ort. Ich stieg aus.

»Bist du ein Verwandter?«, rief mir der Busfahrer hinterher.

Ich drehte mich um. »Er ist mein Onkel. Warum?«

»Man weiß ja nie«, brummte er.

»Was weiß man nie?«

»Na, was solche Kerle mit Kindern machen.«

»Normalerweise isst er sie zum Frühstück.« Jetzt war ich an

der Reihe mit Grinsen. »Aber ich bin ihm zu zäh. Zu wenig Fleisch am Knochen.«

Der Fahrer guckte mich an. Wir grinsten um die Wette. Er gewann. Wegen der Zahnlücke. Und weil er der einzige Mensch war, der hier aussah, als ob er Kinder zum Frühstück essen würde.

»Na dann viel Glück, junger Mann«, wünschte er mir.

»Danke.«

Ich winkte Frankenstein zu und marschierte los.

Die Leiche in der Hütte

Auf der Brücke blieb ich stehen. Der Bach hatte es in sich. An seiner engsten Stelle schoss das Wasser zwischen Steinen und Felsbrocken nur so hindurch. Es gurgelte, zischte, spritzte und sprühte. Weiß schäumend fiel es in die klarste Gumpe, die ich je gesehen hatte. Selbst an ihrer tiefsten Stelle konnte man jeden einzelnen Stein erkennen. Nach diesem natürlichen Wasserbecken wurde das Bachbett breiter. Es schlängelte sich durch eine Wiese, auf der Kühe weideten. Sie standen da und glotzten mich aus großen Augen an, während sie mit ihren Schwänzen die Fliegen wegwedelten und gemächlich vor sich hin kauten.

Gleich hinter der Brücke zweigte ein holpriger Feldweg ab, gerade breit genug für ein geländetaugliches Auto. Ideal für ein Mountainbike. Meins hatte ich leider nicht mitnehmen können, aber vielleicht hatte sich Onkel Mike ja eins zugelegt. Erst einmal war ich auf meine Beine und Füße angewiesen.

Der Weg führte direkt in einen Tannenwald. Die Luft wurde kühler und roch nicht mehr nach Gras, sondern nach Holz, torfigem Boden und Moos. Der Geruch der Freiheit! Ich sog ihn tief ein. Hier, mitten zwischen Baumstämmen und Felsbrocken, die dalagen wie von einem Riesen hingeworfen, begann das Abenteuer! Links von mir ragte eine Felswand in die Höhe. Ich schaute nach oben und sah in grüne Baumwipfel. Über ihnen drehten in einem knallblauen Himmel Vögel ihre

Runden. *Geier!*, schoss es mir durch den Kopf. Dann fiel mir ein, dass es in unseren Breitengraden keine Geier gibt. Also Adler. Oder zumindest Mäusebussarde.

Ich hätte endlos in dieser Wildnis verweilen können, wenn nicht mein blöder Rucksack mit jedem Meter schwerer geworden wäre. Außerdem begannen die Riemen in meine Schultern zu schneiden. Ich war deshalb froh, als sich der Wald lichtete und ich ein Haus entdeckte. Es sah aus wie eine Mischung aus Wald- und Räuberhütte. Die untere Hälfte war aus Stein, die obere aus uraltem Holz, das Dach aus grauen Schindeln. Ein paar Meter daneben stand ein kleiner, windschiefer Schuppen. Einmal heftig pusten und er wäre Geschichte.

Onkel Mikes abgefahrene Bleibe lag etwas erhöht am Ausgang einer gewaltigen Schlucht. In der Mitte schoss der Bach über einen Wasserfall in die Tiefe, hinein in eine riesige Gumpe, die das Zeug zu einem Schwimmteich hatte. Aus ihr floss das Wasser in mehreren Läufen durch ein breites Bachbett voller Geröll, Schwemmholz und Büschen. Auf der anderen Seite lag ein Waldstück.

Es war perfekt. Ich stellte mir vor, wie Onkel Mike am Morgen gähnend vor der Hütte stand, die Arme in die Luft streckte, die Freiheit samt einer Ladung Kreativität in sich einatmete, unter dem kalten Strahl des Wasserfalls duschte, um sich dann ins Schreiben seiner Songs zu stürzen. Und ich entschied auf der Stelle, auch Musiker zu werden. Bestimmt hatte Onkel Mike schon eine Menge erlebt. Dass ihn Busfahrer Frankenstein für verrückt hielt, lag nur daran, dass er sich die Fesseln der Zivilisation abgeworfen und sich wie ein Indianer völlig in die Natur zurückgezogen hatte.

Na ja, so richtig sicher war ich mir nicht mehr, als ich näher ans Haus kam. Weit und breit war kein Auto zu sehen. Auf den Fenstersimsen im unteren Stock standen Blumentöpfe mit verwelkten Geranien, die so tot waren, dass jeder Wiederbelebungsversuch zwecklos gewesen wäre. Ich kletterte auf die Holzbank bei der Hausmauer und drückte meine Stirn gegen die staubigen Fensterscheiben. Der Raum mit den hölzernen Wänden sah aus wie nach einem Einbruch.

Türen und Schubladen des Schranks waren aufgerissen, Stühle lagen umgekippt auf dem Boden, auf dem Tisch standen leere Bierflaschen. Mein Herzschlag legte einen Zacken zu. Bis ihn der Schrei eines Vogels für einen Augenblick zum Stillstand brachte. Abenteuerlust hin oder her: Langsam wurde es ganz schön gruselig. Was, wenn die Einbrecher immer noch hier waren? Vor Aufregung bekam ich Schluckauf. Super!

»Da drin sind keine Einbrecher«, redete ich mir Mut zu. »Da drin sind keine Einbrecher.«

Es nützte nichts. Meine Abenteuerlust verkrümelte sich. Ich versteckte mich hinter einem großen Felsbrocken und beobachtete das Haus. Nichts geschah. Absolut und total gar nichts. Die Vögel kreisten am Himmel, der Wasserfall rauschte vor sich hin und mein Herz beruhigte sich. Ich wagte einen zweiten Versuch.

Es gab keine Klingel. Natürlich nicht. Nichts ist sinnloser als eine Klingel an einer Räuberhütte. Ich klopfte. Erst nur zaghaft, dann fester. Als niemand öffnete, drückte ich die Klinke. Die Tür war nicht verschlossen. Unter lautem Knarren öffnete sie sich einen Spalt.

»Hallo?«, rief ich. »Onkel Mike?«

Niemand antwortete. Ich trat in den Flur.

»Mike, bist du da?«

Die Holzdielen unter meinen Füßen ächzten. Es klang wie ein Stöhnen. Ich zuckte zusammen und bemerkte, dass ich auf einer Falltür stand. Vielleicht wurde Onkel Mike direkt unter mir gefangen gehalten! Vor lauter Aufregung hickste ich ziemlich laut. *Der Junge hat einfach zu viel Fantasie*, sagte die Stimme meines Klassenlehrers in meinem Kopf. Ich kicherte nervös. Und hickste noch einmal.

Links und rechts von mir waren Türen. Die eine führte in den Raum mit den Bierflaschen. Mein Blick blieb an einem roten Schuh mit einem krass hohen Absatz hängen. Er lag unter dem Tisch. Neben einer zerbrochenen Flasche. Dicke Fliegen surrten durch den Raum. Es stank schlimmer als nach Harrys letzter Geburtstagsparty. Meine Fantasie galoppierte davon.

Onkel Mike hatte mit einer wunderschönen Sängerin den Song aller Songs aufgenommen. Die Gang seines Rivalen *Mad Kamikaze MaXXX* hatte die beiden überfallen, die Schöne samt Song entführt und Onkel Mike im Keller eingesperrt, wo er gefesselt und den Hungertod vor Augen vor sich hin röchelte!

Angst und Panik griffen nach mir wie eiskalte, knochige Finger. Mein Mund öffnete und schloss sich, ohne dass auch nur ein Lufthauch in meinen Körper gelangte. Ich war ein Fisch auf dem Trockenen, ein früher Vogel, der gleich vom Wurm gefressen wird, ein Indianer im Hinterhalt. Keine drei Meter von mir entfernt lag mein Blutsbruder in seinem Verlies und rang mit dem Tod.

NEIN!

Onkel Mike durfte nicht sterben!

Ich schnappte ein weiteres Mal nach Luft. Diesmal erwischte ich jede Menge davon. Sie versorgte auch meinen Denkapparat mit Sauerstoff. Er nahm seine Arbeit wieder auf. *Hier ist keiner*, teilte er mir mit. Auf jeden Fall kein Gangster. Ich holte noch einmal Luft und ging zurück in den Flur. Vorsichtig hob ich die Falltür an. Sie knarrte nicht nur, sie quietschte auch. Es roch nach feuchtem Keller, aber nicht nach halb verhungerten Gefangenen. Um etwas sehen zu können, hätte ich eine Taschenlampe gebraucht, denn einen Lichtschalter gab es nicht. Ich entschied, Onkel Mike zuerst im Rest des Hauses zu suchen.

Es war innen viel kleiner, als es von außen schien. Im unteren Stockwerk befanden sich der verwüstete Raum, eine Mini-Küche und ein noch viel winzigeres Bad. Überall war Chaos. Langsam dämmerte mir, dass nicht *Mad Kamikaze MaXXX* oder irgendwelche Einbrecher hier gewesen waren. Onkel Mike hatte schlicht keinen Bock auf Haushalt. Wahrscheinlich kraxelte er in diesem Moment auf den Bergen herum, die ich von der Postkarte kannte. Oder …

Oder er tat das, was Männer mit Frauen tun, die aufregende rote Schuhe tragen. Meine Ohren begannen bei der Vorstellung zu glühen. Bis sie etwas hörten, das nicht zu dem passte, was sich gerade in meiner blühenden Fantasie abspielte. Im oberen Stockwerk schnarchte jemand.

Keine Frau der Welt würde mit jemandem im gleichen Bett liegen, der so schnarchte. Das wusste ich, denn die Mädchen meiner Klasse hatten im letzten Klassenlager jede Menge Listen erstellt. Unter anderem zwei über Jungs.

Und was für Jungs galt, sollte auch für Männer gelten.

10 Dinge, die einen Jungen sexy machen.

10 Dinge, die einen Jungen unsexy machen.

Schnarchen war auf der unteren Liste gewesen.

Ich stieg über eine steile Holztreppe nach oben. Es gab zwei Türen. Ich klopfte an die auf der linken Seite, weil die Geräusche von dort kamen. Onkel Mike schnarchte weiter. Ich rief seinen Namen. Er schnarchte weiter. Ich öffnete die Tür. Er schnarchte weiter. Und ich verstand nun, was Mama damit meint, wenn sie sagt, dass die Luft zum Schneiden dick ist. Man hätte die Luft in Onkel Mikes Schlafzimmer in Portionen schnibbeln und als Halloween-Horror-Stinkebomben verkaufen können! Onkel Mike war eine Leiche. Eine müffelnde Bierleiche.

Ich drückte mir mit den Fingern der einen Hand die Nase zu. Mit der anderen Hand schüttelte ich Onkel Mike. Er rührte sich nicht. Natürlich weiß ich, dass richtige Kerle ab und zu über die Stränge schlagen, aber ehrlich: Ein betrunkener Typ sieht einfach nur erbärmlich aus. Das ist der Grund, weshalb Saufen auch auf der Liste von den zehn Dingen stand, die Mädels unsexy finden.

Onkel Mike war auf dem besten Weg, noch outer zu werden, als er ohnehin schon war. Kein Wunder, dass die Frau mit den roten Schuhen die Flucht ergriffen hatte. So schnell, dass sie einen davon vergessen hatte! Wie Aschenputtel. Eigentlich wollte ich nicht, dass Onkel Mike betrunken war. Trotzdem war ich froh. Nüchtern wäre er dem Aschenputtel mit dem roten Schuh vielleicht hinterhergerannt. Dann wäre die Frau dageblieben, und unser abenteuerliches Männerleben wäre zu Ende, bevor es überhaupt angefangen hatte.

Ich wollte mit meinem abenteuerlichen Männerleben nicht warten, bis Onkel Mike endlich aufwachte. In der Küche hatte ich vorhin mitten in einem Berg von schmutzigem Geschirr eine riesige Pfanne gesehen. Die füllte ich mit eiskaltem Wasser und schleppte sie nach oben. Ein bisschen Wasser schwappte über den Rand, doch das war bei all der Unordnung in diesem Haus kein Problem. Das Problem begann erst, als ich Onkel Mike den Inhalt der Pfanne über den Kopf kippte.

Er schoss hoch und brüllte wie ein Bär, den man aus dem Winterschlaf geweckt hat. Mit einem Satz sprang er aus dem Bett und tanzte so was Ähnliches wie einen Indianertanz.

»Hast du sie noch alle?«, schrie er. »Verdammt, Greta, das ist nicht witzig!«

Greta?

Wer war Greta?

Also ich bestimmt nicht!

Nachdem er eine Weile ziemlich irr herumgehüpft war, bemerkte das auch Onkel Mike.

»Leon?« Er strich sich seine klatschnassen Haare aus der Stirn und blinzelte. »What the ...« Leider sprach er das letzte Wort nicht aus, sondern begann noch einmal von vorn. »Was machst du denn hier?«

»Du hast mich eingeladen, schon vergessen?«

»Hab ich?«

»Hast du.«

Er schaute mich aus blutunterlaufenen Augen an. Dann fuhr er sich noch einmal durch die Haare und steuerte wankend an mir vorbei in den Flur.

»Vorsicht, Trep–«, versuchte ich ihn zu warnen.

Zu spät. Es rumpelte und fluchte. Das Genick konnte er sich also nicht gebrochen haben. Ich lauschte dem Klang dieser herrlich unanständigen Wörter, von denen mir Mama jedes einzelne verboten hatte, und fühlte mich so richtig zu Hause.

Das Schweigen der toten Geranien

Onkel Mike brühte sich eine Ladung Kaffee. Schwarz und extrastark. Mit zitternden Händen kippte er das eklig riechende Gebräu in einen Krug. »Frische Luft«, murmelte er. »Ich brauch frische Luft.«

Wir setzten uns auf die Holzbank vor dem Haus. Ich bot Onkel Mike einen meiner Schokoriegel an. Er wurde grün im Gesicht und schüttelte den Kopf, worauf sein Gesicht noch grüner wurde.

»Sie ist weg«, sagte er.

»Wer?«

»Greta.« Er atmete tief durch. »Die Frau meines Lebens.«

Wir schauten in die wilde Landschaft und schwiegen. Wie richtige Kerle halt. Die reden nicht. Die machen die Dinge mit sich selber aus. Ab und zu nahm Onkel Mike einen riesigen Schluck aus dem Krug. Ich nippte an meiner Saftflasche und hing meinen Gedanken nach.

Irgendwann wurde das mit dem Schweigen total schwierig, weil ich an meine Videobotschaft denken musste. An Mama, die mir all die Fragen nicht stellen konnte, die sie mit Sicherheit hatte. An Paps, der ohne mich mit seiner Birgit und den Rotzlöffelkindern auf dem Weg ins Kinderhotel war. Sicher waren alle kreuzunglücklich und fühlten sich schuldig. Oder sie stritten miteinander und ich war schuld daran. Mein Hals schnürte sich immer weiter zu. Bis ich nicht einmal mehr meine Spucke schlucken konnte.

Von Onkel Mike konnte ich keine Hilfe erwarten. Der war absolut fertig. Es war unmöglich zu sagen, wer toter aussah: die tote Geranie hinter ihm oder er. Ich ahnte, dass auch ich nicht besser aussah.

Drei tote Geranien! Oh Mann!

Es war an der Zeit, das Schweigen zu brechen. Aber versuch mal, mit einem zugewachsenen Hals zu reden! Ich schloss die Augen und schluckte die angesammelte Spucke mit aller Kraft runter. Als ich endlich etwas herausbrachte, klang ich wie eine Quietschente, der jemand die Gurgel zudrückte. Und ich schaffte es, aus den Millionen Sätzen, die die Menschen so von sich geben, den einen Satz zu erwischen, der alles noch viel schlimmer machte.

»Hast du schon ein paar Songs geschrieben?«

Onkel Mike stützte seinen Kopf auf die Hände und starrte auf den Tisch. Entsetzt bemerkte ich, dass es nicht nur Wasser war, das auf den Tisch tropfte.

Onkel Mike, der knallharte Ex-Gängsta-Rapper, weinte.

»Du hast keine Songs geschrieben«, rutschte es mir raus.

Onkel Mike zog eine Ladung Rotz hoch. Den Rest wischte er sich mit dem Ärmel seines ziemlich fleckigen und ziemlich streng riechenden T-Shirts aus dem Gesicht. »Keinen einzigen.«

»Das ist übel«, sagte ich.

Er fuhr sich über die Augen. »Das ist mehr als übel. Ich bin tot.«

Na ja, für tot war er trotz allem Elend ein bisschen zu lebendig. »Du meinst, du bist erledigt«, korrigierte ich ihn.

»So was von.«

Darauf hatte ich keine Antwort. Wir schwiegen also wieder.

Bis mir diese *Richtige-Kerle-schweigen*-Nummer zu blöd wurde. »Wo ist denn das Musikstudio, von dem du erzählt hast?«, fragte ich.

Das war schon wieder die falsche Frage. Onkel Mike entfuhr ein Seufzer, den man bestimmt durch das ganze Tal hören konnte. »Ist im Eimer.«

»Es ist kaputt?«

»Yo.«

»Todkaputt oder nur kaputt?«

»Kaputt.«

Das war doch ein Lichtstrahl im Tunnel, fand ich. Eine kleine Blüte an der Geranie. Ein Hoffnungsschimmer. Ein bisschen Alpenglühen, ein –

»Wissen deine Eltern, dass du hier bist?«

Ich war hier nicht der Einzige mit einem Talent für falsche Fragen zur falschen Zeit. Onkel Mikes Worte trafen mich wie ein Faustschlag mitten ins schlechte Gewissen. Ich überlegte mir zu lügen. Nur, die Sache ist die: Richtige Kerle lügen nicht. Blutsbrüder sowieso nicht. Ich zog mein Handy aus der Hosentasche und spielte Onkel Mike meine Videobotschaft vor.

»FFFFu…« Er kniff die Lippen zusammen.

Wir schwiegen.

Ziemlich lange.

»Wir sind am Arsch«, meinte Onkel Mike schließlich.

»Sind wir«, antwortete ich.

Onkel Mike schlug mit der Faust auf den Tisch. Ich kippte vor Schreck beinahe von der Bank.

»Bist du schon mal einen Wasserfall runtergesprungen?«

Was hatte das denn damit zu tun, dass wir am Arsch waren? Mir kam ein fürchterlicher Gedanke. »Willst du sterben?«

»Bist du oder bist du nicht?«

»Natürlich nicht. Ich bin doch nicht ...«

Ich kam nicht dazu, das Wort *lebensmüde* auszusprechen. Onkel Mike schoss hoch, packte mich am Arm und zerrte mich mit. Wir rannten über die Weide bis zum Wasserfall. Schon aus der Ferne war er beeindruckend gewesen. Aus der Nähe war er überwältigend. Mindestens sechs bis sieben Meter über uns schoss ein gewaltiger Gischtstrahl über eine Felskante und fiel rauschend in die Riesengumpe. Rechts davon erhob sich eine senkrechte Felswand. Auf unserer Seite türmten sich Gesteinsbrocken, zwischen denen wildes Gebüsch wuchs. Onkel Mike drehte sich zu mir um, blinzelte mir zu und machte sich an den Aufstieg. Selbst wenn er null Bock aufs Sterben hatte, war er gerade dabei, sein Leben zu riskieren.

Mein verflixter Hals schnürte sich schon wieder zu. Mein Herz trommelte gegen meine Brust, als wolle es flüchten, solange es noch ging. Aber da war noch etwas anderes. Ein Kitzeln im Bauch. Ein Kribbeln in sämtlichen Blutbahnen meines Körpers. Ich legte den Kopf in den Nacken und schrie. Dann kletterte ich los. Klammerte mich an Felskanten und Ästen fest. Drückte und zog mich hoch. Feinste Wassertropfen prickelten auf meiner Haut. Von mir aus hätte es endlos nach oben gehen können!

Irgendwann stand ich an der Kante. Neben Onkel Mike. Er sah nicht mehr aus wie eine tote Geranie, sondern wie eine, die man mit sehr viel Wasser gegossen hatte. Auch ich war klatschnass. Wir lachten wie zwei Irre und pressten unsere Fäuste gegeneinander.

»Blutsbruder!«, schrie Onkel Mike.

»Blutsbruder!«, schrie ich.

Dann machte ich einen Fehler. Ich schaute nach unten. Oh Mann, das war unglaublich hoch! Mir wurde schwindlig.

»Wow, ist das hoch«, meinte Onkel Mike beeindruckt.

Mir fiel diese Geschichte ein, die in unserer Schule die Runde gemacht hatte. Über einen, der bei einer Mutprobe in einen See gesprungen war und sich schwer verletzt hatte. »Vielleicht sind da unten Felsbrocken im Wasser. Da könnten wir aufschlagen und uns den Rücken brechen. Dann wären wir nicht nur am Arsch, sondern auch querschnittgelähmt oder tot.«

Onkel Mikes Augenbrauen bewegten sich aufeinander zu. Dazwischen bildete sich eine Falte. »Du redest fast wie deine Mutter.«

»So eine Erziehung färbt halt ab«, nuschelte ich.

Onkel Mike strich sich die nassen Haare aus der Stirn. »Es wird Zeit, dir ein bisschen von deiner Erziehung auszutreiben. Versteh mich nicht falsch. Deine Mutter ist –«

»Du hast das schon mal gemacht, nicht wahr?«, unterbrach ich ihn.

Er grinste. »Nö.«

»Vielleicht –«

»Springt ihr jetzt oder nicht?«

Die Stimme kam von der anderen Seite des Wasserfalls. Ich schnellte herum und kam ins Trudeln. Onkel Mike packte mich am Arm. Nachdem wir unser Gleichgewicht wiedergefunden hatten, schauten wir uns um.

Ich sah sie zuerst. Eine Kriegerin auf einem Fels. Kein Krieger, denn das Wesen hatte die Stimme und den Körper einer Frau. Und was für einen! Sie sah aus wie die Figuren in den Computerspielen meines Kumpels Harry. Also ziemlich aufregend. Ich zeigte auf sie. Onkel Mike guckte mit zusammengekniffenen Augen in ihre Richtung.

»Der Kleine hier meint, es könnte gefährlich sein«, rief er.

Der Kleine? Meinte der mich?

»Der Kleine scheint mir vernünftiger zu sein als du.« Die Stimme der Kriegerin hallte von den Felswänden. »Der macht sich wenigstens Gedanken. Außerdem finde ich den gar nicht so klein.«

Ich nickte zustimmend.

Neben die Kriegerin schob sich eine zweite. Eine kleinere. Mit Zöpfen, die fast wie bei Pippi Langstrumpf abstanden.

»Ihr könnt ruhig springen.« Die Kriegerin lachte. »Wenn ihr euch traut. Das Wasser ist tief genug.«

»Bestimmt?«, rief ich und hörte mich schon wieder an wie meine Mutter.

»Indianerehrenwort!«

Noch eine Indianerin! So wie Onkel Mike sie ansah, gehörte sie zu einem feindlichen Stamm. Er ließ meinen Arm los.

»Bist du bereit?«

»Und wie!«

»Deine Mutter wird mich umbringen.«

»Wird sie«, antwortete ich ruhig. »Aber nur, wenn sie davon erfährt.«

»Yippieee!«, brüllte er.

Ich brüllte mit.

Und dann sprangen wir.

Drei Minuten und zwei Sekunden

Es war wie Fliegen. Ich breitete die Arme weit aus und jauchzte vor Glück. Beim Eintauchen schlug das Wasser über mir zusammen. Ein paar Sekunden lang umgab mich eiskalte Stille. Ich schoss hoch, zurück in das Rauschen der Welt. Neben mir schüttelte sich Onkel Mike wie ein nasser Hund Wasser aus den Haaren. Zusammen schwammen wir ans Ufer. Dort legten wir uns auf eine Steinplatte und ließen uns von der Sonne wärmen. Ich war frei. Vor mir lag der beste Sommer meines Lebens.

Ungefähr drei Minuten lang. So lange dauerte es, bis ich mich an Onkel Mikes Bemerkung vor dem Sprung erinnerte. *Deine Mutter wird mich umbringen.* Nicht nur ihn. Mich auch.

»Verrückt, du hast gerade den Stunt deines Lebens hingelegt«, sagte Onkel Mike. »Trotzdem siehst du aus, als wäre jemand gestorben.«

Da starb gerade eine ganze Menge. Meine Freiheit. Der beste Sommer meines Lebens. Mir wurde klar, dass ich nichts davon genießen konnte. Ich war nun mal nicht Onkel Mike. Ich war kein abgebrühter Typ, der fluchte wie einer aus dem Ghetto. Ich konnte nicht einfach den Mittelfinger in die Luft strecken und so tun, als wäre mir alles egal. Ich war weder ein Ryker noch ein Baxter oder ein Preston. Ich war Leon. Der Sohn einer pädagogisch angewandelten Mutter, die eigentlich schwer in

Ordnung war. Total schwer in Ordnung. Mist! Jetzt kamen mir doch tatsächlich die Tränen!

»Okay«, meinte Onkel Mike. »Ruf sie an.«

»Wen?«

»Na, wen wohl?«

»Und dann?«

»Sagst du ihr, dass es dir gut geht.«

»Sie wird eine Million Fragen stellen.«

»Wird sie nicht. Sie wird zwei Sekunden Anlaufzeit brauchen. In diesen zwei Sekunden sagst du drei Wörter.«

Onkel Mikes Mund verzog sich zu einem riesigen, schiefen Grinsen. Das mussten ja drei irre Wörter sein.

»Welche?«, fragte ich neugierig.

»Guns N' Roses 1993.«

»Guns N' Roses? Wer ist das denn?«

»Eine Band. Irrer Sänger im Schottenrock. Gar nicht so üble Musik.«

Onkel Mike grinste nicht mehr. Mir wurde echt mulmig, so ernst schaute er mich an. Fast wie meine Mutter. Möglicherweise waren sie doch echte Geschwister.

»Ich weiß, dass ich nicht gerade die Zuverlässigkeit in Person bin.« Er kratzte sich am Stoppelbart auf seiner Wange. »Aber vertrau mir. Nur dieses eine Mal.«

Mir wurde heiß und kalt zugleich. Nicht, weil ich Onkel Mike nicht vertraute, sondern weil mir einfiel, dass mein Handy so viel Wasser unmöglich überlebt haben konnte. Das gab mir den Rest.

Das Handy war ein Geschenk meiner Mutter. Obwohl sie immer gesagt hatte, vor dem zwölften Geburtstag gäb's keins. Doch dann hatte dieses kleine Paket unterm Weihnachtsbaum gelegen. Das kleinste von allen. Deshalb machte ich es erst am Schluss auf. Ich konnte nicht glauben, was ich sah. Aber selbst nach zehnmal Blinzeln war das Handy noch da. Ich hab Mama gedrückt, bis sie beinahe keine Luft mehr bekam. Normalerweise macht man so was in meinem Alter nicht mehr, aber ich wollte nicht, dass sie sah, wie ich vor Freude weinte. Jetzt heulte ich auch beinahe. Leider nicht vor Freude.

Onkel Mike boxte mich in die Seite. »Hey, du hast ja noch gar nicht mit deiner Mutter gesprochen.«

»Wie denn?«

»Na, mit deinem Handy.«

»Das ist ...« *Kaputt*, wollte ich sagen und es Onkel Mike zeigen, aber in meiner Hosentasche war kein Handy.

»... auf dem Tisch vor der Hütte«, beendete Onkel Mike meinen Satz. »Du hast mir doch das Video gezeigt.«

Ich sprang hoch und rannte los.

»Hier ist Leon. Mir geht es gut.«

Ich hörte, wie Mama Luft holte. Onkel Mike sah mich auffordernd an. Eine Sekunde war schon um. Blieb genau noch eine.

»Guns N' Roses 1993.« Meine Stimme krächzte.

Etwas Seltsames passierte. Mama wurde ganz still. Dabei war sie noch dran, das sah ich. Sie hatte die Verbindung nicht abgebrochen. Ich öffnete den Mund. Onkel Mike schüttelte den Kopf. Mama beendete den Anruf. Ohne noch irgendwas zu sagen. Einfach so.

»Was?«, wollte Onkel Mike wissen.

»Aufgelegt.«

Das Grinsen war wieder da. Nicht mehr so breit und schief wie vorher und nicht überall. In Onkel Mikes Augen war etwas anderes. Etwas, das ich mir nicht erklären konnte. Es dauerte ungefähr drei Minuten und zwei Sekunden, bis ich kapierte, was gerade passiert war.

Mein Herz rutschte in meinen Magen. Ich Idiot! Ich oberdämlicher Idiot! Natürlich! Onkel Mike hatte mich gar nicht eingeladen!!! Ich hatte das mit der Karte völlig falsch verstanden. *Ich bin nicht die Zuverlässigkeit in Person.* Das hatte er gesagt. *Vertrau mir. Nur dieses eine Mal.* Das bedeutete, dass ich ihm sonst nicht trauen konnte. Die Postkarte war für ihn ein Spaß gewesen, mehr nicht. Auf jeden Fall keine Einladung. Er wollte mich loswerden. *Guns N' Roses 1993* war ein Code. Mama wusste, wo ich war.

»Du Verräter!« Ich stand auf. Mit Beinen wie Wackelpudding. »Du elender Verräter!«

Ohne Onkel Mike auch nur einen einzigen Blick zu schenken, stürmte ich los. Ich kam nicht sehr weit, weil ich über ein Fahrrad stolperte, das im hohen Gras lag. Logo. Einer wie Onkel Mike versorgte seinen Drahtesel nicht im Schuppen oder stellte ihn wenigstens an die Hauswand.

»Scheiße, Scheiße, Scheiße!«, schrie ich.

»Kannst du mir mal sagen, was das soll?«

Onkel Mike beugte sich über mich. Um seinen Kopf leuchtete ein Heiligenschein. Ha! Was für ein elender Blender! Und so einer hielt mir auch noch die Hand hin. Da konnte er lange warten! Ich rappelte mich alleine hoch. »Tut mir leid, dass ich zu blöd bin, eine Karte richtig zu lesen!« Ich schrie immer noch. »Tut mir leid, wenn ich deine Nachricht als Einladung verstanden habe, weil ich dachte, einer wie du schreibt nichts zwischen die Zeilen! Aber dass du mir nicht ins Gesicht sagen kannst, dass du mich gleich wieder loswerden willst, ist erbärmlich. Absolut, total und voll erbärmlich.«

»Ich –«

»Halt die Klappe«, fiel ich ihm ins Wort. »Ich bin nämlich noch nicht fertig. Du bist nicht nur absolut, total und voll erbärmlich, du bist auch absolut, total und voll armselig. Mir mit einem Sprung vom Wasserfall genug Angst einzujagen, dass ich nach Hause zurück will! Hat leider nicht geklappt, was? Darum hast du mich an Mama verraten. Mit billigen drei Wörtern. Was bist du nur für ein Scheißkerl!«

Onkel Mike fuhr sich durch die Haare. Der Heiligenschein verschwand. Es war nur die Sonne gewesen. Sie hatte seine zerzauste Frisur zum Leuchten gebracht. Eine optische Täuschung. Das passte. Weil gerade alles in meinem Leben eine Täuschung war. Und ich fiel darauf rein, ich Depp. Wütend stapfte ich davon.

»Hey! Warte!«, rief Onkel Mike mir hinterher. »Die Karte *war* eine Einladung!«

Ich hörte auf zu stapfen und blieb stehen.

»Ich bin gesprungen, weil ich genau das für dich nicht sein wollte: absolut, total und voll erbärmlich und armselig. Besoffen, verkatert, stinkend und ohne einen Funken Würde.« Onkel Mikes traurige Stimme bohrte sich in meinen Rücken wie ein Messer. Ich drehte mich zu ihm um. Oh Mann, wie er leichenblass und mit hängenden Schultern dastand, tat er mir furchtbar leid.

»Weiß Mama, dass ich bei dir bin?«

Er nickte. »Möglich.«

»Wegen Guns N' Roses und 1993?«

»Ja. Aber sie weiß nicht, wo wir sind. Oder hast du ihr die Karte gezeigt?«

Ich schüttelte den Kopf. Die Karte war mein Geheimnis. »Erzählst du mir, was 1993 passiert ist?«

»Nicht jetzt. Später. Erst einmal sollten wir uns um das Abendessen kümmern. Ich habe Hunger.«

Wir sind Hardcore

Fassungslos schaute ich zu, wie Onkel Mike es auf der Suche nach etwas Essbarem schaffte, das Chaos in der Küche noch um etliche Grade zu steigern. Nicht einmal ein Müllmann hätte diese Hütte freiwillig betreten. Wenn ich hierbleiben wollte, und das wollte ich, musste ich aufräumen. Onkel Mike würde es nämlich garantiert nicht tun. »Gefunden!« Triumphierend hielt Onkel Mike eine Packung Spaghetti in die Luft.

»Super«, antwortete ich. »Gibt's auch was dazu?«

Onkel Mike suchte weiter. Innerhalb der nächsten halben Stunde fand er fünf leere Gläser.

»Da war mal Tomatensauce drin«, murmelte er.

Das war nicht zu übersehen. Allerdings musste das eine Weile her sein. Grauer Schimmel klebte auf dem roten Matsch, den Onkel Mike nicht ausgespült hatte. Nach einer weiteren halben Stunde, in der er außer einem schimmlig gewordenen Stück Käse hinter dem Schrank nichts Essbares entdeckt hatte, schlug er vor, Löwenzahn pflücken zu gehen.

»Löwenzahn?«, fragte ich.

»Wir könnten daraus Salat machen. Hab mal irgendwo gelesen, dass das gesund sein soll.«

Ich stöhnte. »Vergiss es!«

»Auch gut«, meinte er fröhlich. »Dann essen wir Spaghetti mit Spaghetti.«

Das klang extrem langweilig und extrem trocken. »Was ist mit dem Keller?«, wollte ich wissen.

»Leer.«
»Bist du sicher?«
»Was ist das denn für eine Frage! Glaubst du mir etwa nicht?«
Ich presste meine Lippen zusammen. Sonst hätte ich vielleicht etwas Unhöfliches gesagt.
»Hmmm«, grummelte er. »Wir könnten den Schokoriegel schmelzen, den du mir angeboten hast.«
»Das ist nicht dein Ernst.«
»Wäre einen Versuch wert.«
Und ich hatte geglaubt, Wurmspaghetti in Gemüsematsch wären das Schlimmste, was mir essenstechnisch zustoßen konnte!
»Spaghetti mit ohne was«, entschied ich. »Ich koche! Und morgen gehen wir einkaufen.«
Onkel Mike antwortete nicht. Ich dachte, er wäre beleidigt, weil ich seinen Kochkünsten nicht traute, aber es war etwas ganz anderes.

»Hör mal, Leon.« Onkel Mike legte die Gabel beiseite. »Da ist etwas, das ich dir ...«
Er brach ab und schaute mich an wie jemand, der nicht wusste, wie er die schlechte Nachricht überbringen sollte. Ich schluckte den letzten Bissen der trockenen Spaghetti hinunter. Hatte er heimlich Mama angerufen, während ich gekocht hatte? Die Möglichkeit dazu hätte er gehabt, als er alleine draußen gewesen war, um den Tisch vor dem Haus zu decken. Den einzigen mit Platz für zwei Teller und eine Schüssel.
»Wir können nicht einkaufen gehen«, brach es aus ihm heraus.
Ich atmete erleichtert auf und verstand gleichzeitig nicht, warum das für Onkel Mike ein Problem war. »Wieso?«, fragte ich. »Gibt's im Dorf keinen Laden?«
»Doch. Aber ...« Er fuhr verlegen mit dem Zeigefinger über die Zinken der Gabel. »Ich hab kein Geld mehr.«

Das war ein Witz, oder? Ich wartete darauf, dass er zu grinsen begann. Ich wartete vergeblich.

»Das letzte ging für das Abendessen mit Greta drauf«, gestand er. »Ich habe gekocht.«

Wenn Onkel Mike so übel kochte, wie er Ordnung hielt, war es kein Wunder, dass Greta sich nicht einmal die Zeit genommen hatte, ihren Schuh mitzunehmen.

»Ist sie deshalb weg?«

»Hä?«

»Ist sie weg, weil ihr das Essen nicht geschmeckt hat?«

Darüber schien Onkel Mike noch nicht nachgedacht zu haben. Er presste seine Hand gegen das Kinn. »Glaub nicht.«

»Oder weil du kein Geld mehr hast?«

»Bin gar nicht dazu gekommen, ihr das zu sagen.«

»Warum dann?«

»Sie hat mich einen Loser genannt.«

»Autsch.«

»Weiber halt«, meinte Onkel Mike.

»Weiber«, wiederholte ich. Kaum hatte ich das gesagt, fiel mir ein, dass Mama auch eine Frau war. Ich entschuldigte mich in Gedanken bei ihr.

»Was nun?«, fragte ich.

»Du hast nicht zufällig ...«

»Mein ganzes Geld ist für die Fahrt zu dir draufgegangen. Sogar das von Klaus-Dieter.«

»Klaus-Dieter?«

»Meine Privatbank.«

»Du bist also auch pleite«, stellte er fest.

Ich nickte.

Onkel Mike ging ins Haus. Er kam mit einer Bierflasche und einem Glas Wasser zurück.

»Lass uns anstoßen.«

»Worauf?«

»Auf uns. Viel mehr haben wir ja nicht.«

»Auf uns«, sagte ich feierlich.

Mit jedem Schluck, den ich trank, ging es mir besser. Denn mit jedem Schluck fiel mir ein, was wir hatten.

Uns.

Die Freiheit.

Das Abenteuer.

Die Musik.

Was brauchten zwei Männer schon mehr?

Exakt das sagte ich Onkel Mike.

Er musste erst eine Weile darüber nachdenken.

Die Weile dauerte zwei Bierflaschen lang. Dann knallte Onkel Mike die Faust auf den Tisch. Zum Glück hatte ich mich mittlerweile an seine Gefühlsausbrüche gewöhnt und zuckte nicht einmal mehr zusammen.

»Du hast recht!«, rief er. »Wozu brauchen wir Frauen? Wir haben uns!« Er holte aus. Seine Faust sauste erneut auf den Tisch. »Greta kann mich mal. Und Edgar kann mich gleich kreuzweise! Ich bleibe Single. Hardcore-Single. Ich mache, was ich will.«

Ich konnte seiner Logik nicht folgen, aber seine Vorsätze gefielen mir. Wer brauchte schon Mädchen oder Frauen? Machen, was ich wollte, klang sowieso absolut cool. Nur das eine Wort gefiel mir nicht so gut.

»Hardcore ist unanständig.«

»Hä?«, krächzte Onkel Mike.

»Hardcore ist Porno.«

Ich fühlte, wie mein Gesicht rot anlief. Es wurde noch roter, als Onkel Mike schallend loslachte. Nach einer Weile holte er keuchend Luft. »Du hast eine ganz schön schmutzige Fantasie.«

Das sagte ausgerechnet er! Der Typ, der das gesamte Gängsta-Rap-Gerede draufhatte. Der Frauen mit roten Stöckelschuhen in seine Hütte schleppte und nur an das Eine dachte, statt Songs zu schreiben. Ich setzte zu einer gepfefferten Antwort an.

»Ist ja gut«, beschwichtigte mich Onkel Mike, bevor ich dazukam, ihm meine Meinung zu geigen. »Hardcore kann auch etwas völlig anderes bedeuten.«

»Was denn?«, fragte ich ziemlich aggressiv.

»Kompromisslos. Aus tiefster Überzeugung.«

»Du willst also überzeugter Single werden?«

»Yo«, antwortete er inbrünstig.

Ich traute der Sache nicht und hakte nach. »Nur um sicherzugehen. Keine Frauen mehr? Gar keine? Egal welche, egal, wie toll sie ist?«

»Yo.«

Das passte mir bestens! Jetzt blieb nur noch eine offene Frage. »Und wer ist Edgar?«

»Der Oberfuzzi von der Plattenfirma. Er ruft jeden Tag an und will wissen, ob ich vorankomme.«

Ich mag keine Stressmachertypen. In diesem Fall war Lügen erlaubt. »Sag ihm, dass es bestens läuft.«

»Mach ich ja. Er denkt, ich stehe kurz davor, ihm ein Meisterwerk zu präsentieren.«

»Au weia.«

»Du sagst es.«

»Ich könnte dir beim Songschreiben helfen«, bot ich ihm an.

Onkel Mike klopfte mir auf die Schulter. »Nichts für ungut, Leon, aber wenn du das musikalische Talent deiner Mutter geerbt hast, wird das nichts.«

Na ja, ich sang in etwa gleich schlecht wie sie. Dafür hatte ich eine blühende Fantasie. Und Fantasie ist es doch, was es zum

Schreiben eines Hits braucht, oder etwa nicht? Onkel Mike würde sich noch wundern!

Er holte sich ein weiteres Bier. Das Songschreiben war kein Thema mehr. Wir redeten über Gott und die Welt. Über den lästigen Edgar. Über Onkel Mikes Auto, mit dem Greta abgehauen war. Über das Fahrrad im Gras, das drei Gänge hatte, von denen nur einer funktionierte, und bei dem aus beiden Reifen die Luft raus war.

Weil ich irgendwann genug frisches Quellwasser getrunken hatte und weil ich beinahe zwölf war, bot mir Onkel Mike ein Bier an. Es schmeckte scheußlich. Aber unser Gespräch über Gott und die Welt und all die anderen Dinge wurde immer lustiger.

Es war schon ziemlich spät, als ich mich im zweiten Zimmer im oberen Stockwerk ins Bett plumpsen ließ und augenblicklich einschlief.

Hunger ist ein fieses Schicksal

Mir tat jeder einzelne Knochen weh. Das Licht, das durch das kleine Fenster fiel, blendete mich. Ich blinzelte. Irgendwie war alles unscharf, zu weit weg und viel zu weit oben. War ich geschrumpft? Über Nacht zum Zwerg geworden? Ich blinzelte noch einmal. Jetzt sah ich klarer. Das Zimmer musste früher mal einem Riesen gehört haben, der so ziemlich alles sammelte, was es in der Natur draußen gab: Steine, Äste, Vogelfedern, sogar kleine Tierknochen. Eigentlich voll spannend. Aber nicht, wenn man dringend zur Toilette musste und im Schädel ein Schwarm aufgeregter Bienen herumsurrte.

Ich wollte aus dem Bett steigen und merkte, dass ich am Boden lag. Aha. Deshalb war alles zu weit oben. Weil ich zu weit unten war. Ächzend wie ein alter Mann zog ich mich am Bettpfosten hoch und taumelte in den Flur. Hinter der Tür zu Onkel Mikes Zimmer zersägte jemand Bäume. Zumindest klang es so.

Ich fand das Bad. Ich fand auch die Kloschüssel. Reingucken durfte ich nicht, sonst wäre mir noch schlechter geworden. Während ich mit geschlossenen Augen dem Plätschern zuhörte, knallten die Bienen in meinem Kopf gegen die Schädelwand. Ich entschied, dass ich nie wieder Bier trinken würde. Nie wieder! Danach wankte ich in die Küche, füllte die große Pfanne mit Wasser und steckte meinen Brummschädel rein.

Die Kälte betäubte das Bienenvolk wenigstens vorübergehend. Doch viel besser wurde es nicht, weil ich mir nun vorstellte, wie die fleißigen Tierchen zwischen madigen Hirnwürmern auf dem Rücken lagen und mit den Beinen zappelten. Warum mir trotzdem genau jetzt einfiel, dass wir kein Essen hatten, war mir ein Rätsel. Hunger hatte ich nämlich keinen. Aber irgendwann würden wir wieder Hunger haben. Spätestens dann brauchten wir was zu essen.

Ich fand ein Blatt Papier und schrieb auf, was wir noch hatten:

1 Schokoriegel

1 Brötchen

Das Brötchen konnte ich gleich wieder von der Liste streichen. Es hatte in einer Bierlache übernachtet und sah aus wie ein betrunkener Schwamm. Genauso roch es auch. Damit war unser Essen praktisch alle. Es sei denn, Onkel Mike hatte sich geirrt und im Keller befand sich ein Vorrat, von dem er nichts wusste. Ich öffnete die Falltür. Es gab tatsächlich einen Vorrat im Keller. Er bestand aus fünfzehn Kisten Bier.

Ich entschied, erst mal an die frische Luft zu gehen und dort den Kopf durchzulüften.

Es funktionierte. Der Wind vertrieb die Bienen aus meinem Schädel. Mein Hirn fing vor lauter Dankbarkeit wieder zu denken an. *Es ist alles da*, sagte es. *Liegt direkt vor dir.*

Natürlich!

Ich war umgeben von der Natur mit ihrem unerschöpflichen Gratisangebot an Köstlichkeiten. Beeren für den Nachtisch. Fleisch als Hauptgang. Ich könnte ein Reh schießen! Einen Hasen erlegen! Kaum hatte ich das Wort *Hase* gedacht, fielen mir Hänsel und Gretel ein, meine zwei Zwergkaninchen. Und ich wusste, dass ich ein Problem hatte. Nein, ich würde keine Verwandten von Hänsel und Gretel essen, selbst wenn die

Verwandtschaft sehr entfernt war. Aber Fische! Fische waren dumm und langweilig. Die konnte man –

»Hey, so früh schon auf den Beinen?«

Ich drehte mich um. Onkel Mike stand unter der Tür, gegen den Rahmen gelehnt, mit dunklen Schatten unter den Augen. Er sah aus wie ein Zombie.

»Hast du zufällig eine Angel?«, fragte ich.

»Warum?«

Na, warum wohl? Ich erklärte ihm, dass wir was zu essen brauchten und kein Geld hatten. Danach sah er noch ein bisschen mehr aus wie ein Zombie. Etwas zittrig deutete er auf den windschiefen Schuppen. »Viel Glück.«

»Kommst du mit?«

»Hab's versucht. Die Viecher sind zu klug für mich.«

Oh Mann! Um Onkel Mike war es schlimm bestellt.

»Mach schon mal ein Feuer«, sagte ich. »Damit wir unser Mittagessen braten können.«

»Weißt du denn, wie man angelt?«

Ich hatte keine Ahnung. Aber so schwierig konnte das nicht sein. Man spießte einen Wurm auf den Angelhaken, warf die Rute aus und wartete, bis ein Fisch anbiss.

»Feuer«, schärfte ich Onkel Mike ein, bevor ich in den Schuppen verschwand. Wenigstens das würde er hoffentlich hinkriegen. Und wenn nicht, gab es immer noch den Herd und eine Bratpfanne.

Das mit dem Wurm war schwieriger, als ich mir das vorgestellt hatte. Einen zu finden, war kein Problem. Ich grub einfach ein wenig in der Erde herum. Blöderweise schaffte ich es nicht, ihn am Haken aufzuspießen. Ich schenkte dem sich kringelnden Wesen in meiner Hand die Freiheit. Mir war nämlich eingefallen, dass mir Paps mal vom Fliegenfischen in Alaska erzählt hatte. Logo. Eine Fliege tat es auch! Ich setzte mich ins Gras, wartete, bis eine auf meinem Arm landete, und erschlug sie. Nun war ich bereit.

Vorsichtig spulte ich die Angelschnur runter, hängte die Fliege an den Haken und warf die Schnur aus. Leise vor mich hin pfeifend, setzte mich auf den Stein, auf dem Onkel Mike und ich uns nach dem Wasserfall-Sprung gewärmt hatten. Die Strömung zog an der Schnur. Das Wasser sang das Lied der Freiheit. Die aufgespießte Fliege driftete auf der Wasseroberfläche.

Ich wartete.

Und wartete.

Und wartete.

Mein Hintern tat langsam weh. Mein Magen begann zu knurren. Je mehr Hunger ich bekam, desto wütender wurde ich auf die Fische. Diese blöden Viecher waren sogar zum Anbeißen zu blöd! Oder sie lachten sich gerade über mich krumm! Ich zog die Schnur ein. Die Fliege hatte eine Fliege gemacht und war weg. Dabei war sie doch tot! Der konnte es egal sein, dass sie von einem Fisch gefressen wurde! Aber nein! Sie ergriff bei der erstbesten Gelegenheit die Flucht und brachte mich an den Rand einer Hungerkrise!

Ich versuchte es mit einer zweiten Fliege. Erfolglos. Nachdem ich noch vier weitere Fliegen umsonst geopfert hatte, gab ich auf und beschloss, es direkt mit dem Nachtisch zu versuchen. Ich ging auf Beerensuche.

Ist schon mal jemandem aufgefallen, wie klein Walderdbeeren sind? Mir wurde das in dem Moment bewusst, als ich die erste in den Eimer legte, der eigentlich für die Fische gedacht gewesen war. Nach einer Suche von bestimmt einer Viertelstunde konnte ich ein paar kleine rote Punkte auf dem Boden des Eimers ausmachen. Bei diesem hoffnungslosen Anblick klumpte sich mein Magen zusammen. Wie lange es wohl dauern mochte, bis man im Wald verhungerte? Wahrscheinlich viel weniger lange, als ich mir das vorgestellt hatte. Paps' Wurmspaghetti schienen mir plötzlich das reinste Schlemmermahl im Vergleich zu diesen jämmerlichen roten Punkten, die selbst unter einer Lupe nicht über die Größe einer Murmel hinauskamen. Ich gab auf und schleppte den Eimer und mich zurück zu Onkel Mike.

Schon von Weitem wehte mir stinkender Rauch entgegen. Onkel Mike hatte tatsächlich ein Feuer gemacht. Was für Zeugs er da gerade verbrannte, wollte ich gar nicht wissen. Ich kippte den Inhalt meines Kübels auf den Tisch. Ein paar einsame Beeren kullerten in Richtung Onkel Mike.

»Beginn schon mal mit dem Nachtisch«, sagte ich, bevor er sich beschweren konnte. »Die sind für dich. Ich habe meinen Teil schon gegessen.«

Das war eine glatte Lüge, bei der mein Magen so richtig fies losknurrte, aber ich konnte unmöglich zugeben, dass das alles war, was ich gefunden hatte.

Onkel Mike guckte auf meine Ausbeute. »Soll ich sie auf den Grill legen oder darf ich sie roh essen?«

Mein Magen schlug einen Salto. Auf meiner Zunge lagen ein paar ziemlich üble Schimpfwörter. Doch dann grölte Onkel Mike los. Er warf den Kopf in den Nacken und lachte wie ein Verrückter. Ich konnte nicht anders. Ich musste mitlachen. Wir lachten, bis uns die Tränen über die Wangen kullerten und wir beinahe keine Luft mehr bekamen.

»Weißt du, was das Gute daran ist?«, fragte Onkel Mike zwischen zwei Japsern.

»Nein.«

»Wenigstens haben wir uns.«

Mir fiel Busfahrer Frankenstein ein. »Sollen wir uns etwa gegenseitig aufessen?«

»Warum nicht?« Onkel Mike riss seinen Mund auf und heulte wie ein Wolf. »Oder wir reißen ein Schaf und verschlingen es mitsamt seinem Fell.«

Wir kippten vor Lachen ins Gras. Onkel Mike zupfte ein Bündel Halme aus und stopfte es sich in den Mund. Er sah total irre aus mit diesen grünen Büscheln zwischen den Zähnen.

»Wir teilen uns auf!« Er spuckte das Gras aus. »Wer etwas findet, kommt zurück und haut ein paar Mal ordentlich auf die Trommel, damit der andere Bescheid weiß.«

»Welche Trommel?«

»Na, die vom Schlagzeug. Am besten die größte, damit wir uns auch wirklich hören können.«

»Schlagzeug?«, fragte ich. »Wo denn?«

Er deutete auf den hinteren Teil des Hauses. »Da drin. Ist offen. Musst nur den Riegel fest drücken. Er klemmt ein wenig.«

Wir wieherten beide gleichzeitig los. Ich fragte mich, ob man den Verstand verliert, bevor man verhungert. Gut möglich, denn alleine der Gedanke daran brachte mich zum Lachen.

Onkel Mike verschwand in Richtung Bach. Nicht wie ein Indianer, sondern wie ein Trampeltier. So würde er echt gar nichts erwischen. Ich ging in die andere Richtung. Talauswärts. Während ich durch den Wald marschierte, versuchte ich mich zu erinnern, was unser Biolehrer über essbare Insekten gesagt hatte. Mir fiel nicht viel ein. Nur dass die Käfer, die man essen konnte, wertvolle Vitamine und Eiweiß enthielten.

Bei der Brücke bog ich in Richtung Dorf ab. Ich war noch nicht einmal zehn Meter weit gekommen, da brauste auch schon der Bus heran. Der Fahrer legte eine Vollbremsung hin. Durch die Scheibe grinste mich Frankensteins Zahnlücke an. Die Tür öffnete sich mit einem leisen Zischen.

»Na, wie ich sehe, hat er dich nicht gefressen.«

Bei diesen Worten begann mein Magen wieder heftigst zu knurren.

»Willst du mitfahren?«, fragte Frankenstein.

Ich schüttelte den Kopf.

»Na dann. Bis zum nächsten Mal.«

Bevor ich ihn fragen konnte, ob er nicht zufällig irgendwas Essbares bei sich hatte, zischte die Tür wieder zu, der Motor heulte auf und der Bus fuhr viel zu schnell los. Ich hob die Hand zu einem coolen Abschiedsgruß. Frankenstein revanchierte sich mit einem lauten Hupen. Abgesehen von dem lästigen Grummeln in meinem Magen, fühlte ich mich ziemlich gut. Nicht jeder hat einen Frankenstein zum Freund. Vielleicht gab es ja noch mehr freundliche Leute im Dorf. Und vielleicht bot mir jemand sogar etwas Leckeres an.

Der Gedanke trieb mich weiter. Bis zu einer alten Scheune. Dort blieb ich stehen, weil sie mit Plakaten zugetackert war. Vor mir breitete sich die ganze Unterhaltungsgeschichte von Hinter-Oberdorf aus.

Das älteste Plakat war vom letzten Jahrtausend. Völlig verblichen und kaum mehr lesbar. An der Silvesterparty 1999 hatten hier die *Klammenfurter Turteltauben* eingeheizt. Irgendjemand schien damit nicht zufrieden gewesen zu sein, denn er hatte über das verblichene Foto mit roter Farbe SCHEISSMUSIK geschrieben. Die meisten Plakate kündigten Gruppen an, die alle ähnliche Namen hatten wie die *Turteltauben*. Ich war mir nicht mehr sicher, ob es mir hier gefallen konnte, bis ich die Ankündigung eines Konzerts der *Flying Batmen* sah. Mich traf beinahe der Schlag. Die *Flying Batmen*! Eine der krassesten Rockgruppen weltweit. Wie kamen die dazu, am Arsch der Welt zu spielen?

Obwohl auch dieses Plakat total verblichen war, checkte ich sicherheitshalber, ob das Konzert schon stattgefunden hatte.

4. August 2010. Ich starrte die letzte Ziffer der Jahreszahl an, als könne ich sie durch Hypnose verändern. Es half nichts. Ich hatte den Gig meines Lebens verpasst. Nicht knapp, sondern um Lichtjahre.

Na ja, so ist das mit dem Schicksal. Wenn es dich im Regen stehen lässt, dann richtig. Ein lautes Magenknurren bestätigte meine Theorie vom fiesen Schicksal. Genau in dem Moment fiel mein Blick auf ein Plakat, dessen leuchtende Farben meinen Augen beinahe wehtaten. Es musste also neu sein!

Große Dart-Dorfmeisterschaft!
SUPER Preise!

Unter der Liste der Gewinne sprang mich einer an. Es war nicht der erste, auch nicht der tollste, aber exakt der, den Onkel Mike und ich brauchten.

Ein bunter Warenkorb voller Köstlichkeiten aus der Region.

Das Schicksal zeigte Erbarmen!

»Ja!«, rief ich.

Dann guckte ich auf das Datum. »Ja, jaa, jaaa!«, schrie ich.

Und dann rannte ich los.

Der Krieger und seine Beute

Onkel Mike war noch nicht zurück. Ich überlegte mir, ob ich mich ans Schlagzeug setzen und auf die Pauke hauen sollte. Nein, entschied ich. Keine gute Idee. Schließlich hatte ich noch kein Essen rangeschafft. Ich wusste nur, wo und wie man es gewinnen konnte. Davon wurden wir nicht satt. Wenn ich jetzt trommelte, kam Onkel Mike zurück. Schlimmstenfalls ohne etwas Essbares. Ich ließ ihn weitersuchen und ging mir das Musikstudio anschauen.

Der Riegel quietschte. Die Tür knarrte. Aufgewirbelter Staub kitzelte in meiner Nase. Erst konnte ich kaum etwas sehen. Mit der Zeit gewöhnten sich meine Augen ans Halbdunkel. Mir wurde klar, weshalb mir das Haus so klein vorgekommen war. Es bestand aus einem vorderen und einem hinteren Teil! Dem Wohnteil und dem Studio. Der Raum war perfekt. Unten Steinmauern. Oben Holz. Alte Dachbalken. Weit und breit keine Menschenseele, die man mit dem Lärm belästigte. Hier konnte man den Sound so richtig aufdrehen!

Während ich von fetten Beats träumte, rieselte der aufgewirbelte Staub zurück auf das, was ein Musikstudio ausmacht. Instrumente, Verstärker, Boxen, Mikrofone, Computer und ein Mischpult. Alles lag unter einer dicken grauen Schicht. Dazwischen verliefen geschätzte zweitausend Meter Kabel. Wirr ineinander verknotet. Einige der Kabel führten zu Steckdosen, die aussahen, als würden sie jeden, der ihnen zu nahe kam, auf direktestem Weg ins Jenseits katapultieren. Wahrscheinlich jagte man das ganze Haus in die Luft, wenn man einen Schalter betätigte. Oder es passierte schlicht und einfach nichts. Ich strich mit dem Finger über einen Mega-Monster-Verstärker. Noch mehr Staub wirbelte auf. Er brachte mich zum Niesen. Ich trat den Rückzug an. Nicht ohne vorher einen traurigen Smiley auf den Verstärker gezeichnet zu haben.

Mittlerweile knurrte der Hunger in meinem Magen nicht mehr – er brüllte wie ein wütender Löwe! Um mich abzulenken, begann ich, die Küche zu putzen. Zwei Stunden später war sie blitzeblank. Ich genehmigte mir eine Auszeit.

Erschöpft legte ich mich ins Gras. Die Halme kitzelten an Armen und Beinen. Die Sonne schien mir ins Gesicht. Über mir flatterten Schmetterlinge. Diese Wahnsinnsnatur hätte das Paradies sein können, wenn sie nur ein kleines bisschen was zu essen hergegeben hätte! Ich schloss die Augen und tauchte ins Land der Träume ab. Dort empfingen mich gebratene Wildschweine, Berge von Bratkartoffeln, Torten, Eiscreme, Schlagsahne. Alles auf einem riesigen Tisch. Ich setzte mich hin. Griff nach einer Wildschweinkeule. Öffnete gierig den Mund.

TAMM! TAAAAA-TAMM.

Ich schoss hoch. Und setzte mich gleich wieder hin, weil mir schwindlig war.

TA-TAMM-TAMM-TAMM. TAMMTAMMTAMMTAMM-TAMMTAMM …

Wie eine Maschinengewehrsalve hallten die Schläge durch das Tal. Über mir ergriffen die Vögel kreischend die Flucht. Der Lärm brach ab. Ich drehte mich um. Im ersten Augenblick dachte ich tatsächlich, einen Indianer entdeckt zu haben. Im zweiten Augenblick merkte ich, dass es Onkel Mike war, der lässig auf mich zuschlenderte. Mit nass geschwitzten Haaren und nacktem Oberkörper. Sein T-Shirt hatte er zu einem Bündel zusammengebunden. Rote Flecken zeichneten sich darauf ab. »Essen!«, schrie er. »Hast du das Trommeln nicht gehört?«

Wie hätte man das überhören können? Da hätte man schon taub oder tot sein müssen!

Ganz ehrlich? Ich war neidisch. Onkel Mike hatte der Natur etwas zu essen abgetrotzt. Unter Einsatz aller Kräfte. Seine Arme waren zerkratzt, seine aufgerissene Hose legte ein aufgeschürftes Knie frei. Er sah aus wie ein Krieger, der aus der Schlacht zurückkam. Gespannt schaute ich zu, wie er das Bündel öffnete. Dass er daraus eine ziemliche Show machte, nahm ich ihm nicht übel. Bis ich sah, was seine Beute war.

Tomaten, ein paar Karotten und vier Kartoffeln.

»Wo hast du das her?«, fragte ich.

»Gefunden.«

»Garantiert nicht in der freien Natur.«

»Unter freiem Himmel.«

»Du hast es geklaut.«

Er zuckte mit den Schultern. »Merkt eh keiner. Wo ich das herhabe, gibt es noch viel mehr.«

»Ist trotzdem geklaut.«

»Du klingst wie ...«

Ich wusste, wie ich klang. Bevor er es sagen konnte, bohrte ich mit einem sehr bösen Blick ein Loch in sein Gewissen. Es schien ihm nicht sonderlich wehzutun, denn er grinste. »Lust auf einen Eintopf?«, fragte er.

Und wie!

Onkel Mike konnte nicht fassen, wie sauber die Küche war. Ich glaube, das jagte ihm ganz schön Respekt ein, denn er gab sich große Mühe, kein neues Chaos anzurichten. Wir legten uns mächtig ins Zeug. Schnitten Onkel Mikes Beute in Stücke. Suchten im Schrank nach Gewürzen. Streuten genügend vom gefundenen Pfeffer und Salz über das Gemüse. Erinnerten uns, vor dem Haus wilden Salbei gesehen zu haben. Rasten nach draußen und schnitten etwas davon ab. Würzten nach. Guckten in den Topf. Zogen den Geruch in unsere Nasen. Nickten beeindruckt.

»Damit verdienen wir uns den Titel *Köche des Jahres*«, behauptete Onkel Mike.

»Mindestens!«, stimmte ich ihm zu.

Weil wir einen so guten Lauf hatten, räumten wir die Wohnstube auf, während unser Super-Spezialeintopf vor sich hin köchelte.

»Wer braucht da schon Frauen?« Onkel Mike faltete ein grünes T-Shirt zusammen. Das letzte der Kleidungsstücke, die wir vom Boden aufgehoben hatten. »Wir können das doch viel besser!« Er legte das T-Shirt auf den Stapel auf dem Tisch. »So. Ich bin bereit für ein göttliches Mal aus den besten Zutaten der Natur.«

Das war ich auch. Leider klopfte es genau in diesem Augenblick an die Haustür.

Es war kein freundliches Klopfen. Eher eins der Sorte *Wenn-du-nicht-aufmachst-wird-alles-noch-viel-schlimmer.*

»Der Bauer, den du beklaut hast?«, flüsterte ich.

Onkel Mike legte den Zeigefinger auf den Mund.

Es klopfte erneut. Noch etwas lauter als vorher. Wir drücken uns an der Wand entlang in den Flur. Jetzt mussten wir nur noch die Falltür öffnen und …

Es brennt!

»Michi?«

Ich stand da und konnte mich nicht rühren. Es gibt nur eine Person auf dieser Welt, die Onkel Mike *Michi* nennt.

»Mama«, krächzte ich.

»Ich hab ihr nicht verraten, wo wir sind«, flüsterte Onkel Mike. »Großes Ehrenwort!«

Ich glaubte ihm. Mama hat diesen Super-Spezial-Ortungssensor, der jede Raumfahrtbehörde alt aussehen lässt.

»Sollen wir aufmachen?«, fragte Onkel Mike. »Deine Entscheidung.«

Als ob ich eine Wahl hatte! Wenn ich Mama reinließ, nahm sie mich mit. Wenn ich Mama nicht reinließ, brach sie die Tür auf und nahm mich mit. Und wenn ich mich versteckte, beschwatzte sie Onkel Mike so lange, bis er ihr verriet, wo ich war, und dann nahm sie mich mit. Es lief alles auf dasselbe hinaus. Ich konnte mich nur zwischen der harten und der sehr harten Variante entscheiden. Mama nahm mir diese Wahl ab.

Sie polterte nicht mehr gegen die Tür, sondern drückte die Klinke. Weniger als drei Sekunden später stand sie im Flur. Einen Moment lang sah sie erleichtert aus. Aber nur einen Moment. Dann kniff sie den Mund und die Augen zusammen. Wenn Blicke töten könnten, wären Onkel Mike und ich auf der Stelle mausetot umgefallen.

»Michi, nach draußen. Und du ...« Sie zeigte mit dem Finger auf mich. »Du gehst packen. Sofort!«

Ich öffnete den Mund.

»Packen! Papa hilft dir.«

Paps war auch da? Der sollte doch im Kinderhotel sein! Bevor Onkel Mike es mit Mama aufnahm, klopfte er mir auf die Schulter. Es war bestimmt aufmunternd gemeint, fühlte sich aber an wie der letzte tröstende Schlag vor dem Gang zum Henker.

Onkel Mike und Mama verschwanden nach draußen. Ich blieb nicht lange alleine. Paps kam herein. »Ach Leon«, begrüßte er mich.

»Ich brauch dich nicht«, motzte ich ihn an. »Kann selber packen.«

»Das eilt nicht«, meinte Paps. »Zuerst müssen wir reden.«

Ach ja? So wie am Wurmspaghetti-Abend? Soweit ich mich erinnerte, war das damals mit dem Reden eine ziemlich einseitige Sache gewesen. Ich verschränkte meine Arme. »Diesmal will ich aber auch was sagen.«

Paps nickte. Und wollte loslegen. »Wie –«

»Ich bleibe hier«, unterbrach ich ihn. Damit von Anfang an alles klar war.

In Paps' Mundwinkeln zuckte es. Vielleicht hätte ich etwas weniger direkt sein sollen. Auch etwas weniger patzig. *Ich würde gerne hierbleiben, bitte.* Zum Beispiel. Oder: *Ich weiß, ich habe Mist gebaut. Trotzdem würde ich gerne bei Onkel Mike bleiben.* Aber Worte, die draußen sind, sind nun mal draußen.

»Wie geht es dir?«, fragte Paps.

Ich war platt. Keine Moralpredigt?

»Mir gefällt es hier.«

Paps nickte schon wieder. Ich hatte keine Ahnung, warum. »Was macht ihr denn so, du und Onkel Mike?«

Ich hätte gemein sein können. *Das, was wir beide machen wollten, du und ich, Paps. Das, was du mir versprochen hast.* Ich ließ es bleiben. Paps schien sich wirklich für mein Leben hier zu interessieren.

Beinahe hätte ich ihm vom Wasserfall erzählt. Wie toll sich das angefühlt hatte. Aber ich wollte Onkel Mike nicht in Schwierigkeiten bringen. Es gab noch mehr Dinge, die ich nicht erwähnte. Das Bier, den roten Schuh, den Pleitegeier, der über uns kreiste, und noch ein paar andere Sachen. Ich erzählte, wie wir die Umgebung erforschten, Tiere beobachteten, am Bach saßen, über Gott, die Welt und Musik redeten und gemeinsam kochten. Als ich vom Kochen sprach, schob sich Paps' rechte Augenbraue gefährlich in die Höhe.

»Total gesundes Zeugs«, sagte ich schnell.

»Riecht es deshalb so komisch?«

Ich zog eine Ladung Luft in meine Nase.

Scheiße!

Unser Essen!

Unser einziges Essen brannte!

Ich rannte in die Küche. Umsonst. Da war nichts mehr zu retten. Paps schob mich beiseite, nahm die Pfanne vom Herd, stelle sie in die Spüle und drehte den Wasserhahn auf. Es zischte. Mir schossen die Tränen in die Augen. Nicht nur wegen der übelst stinkenden Dampfwolke, die aus der Pfanne aufstieg und uns einhüllte.

Paps hustete. »Das wird schon«, murmelte er und schob mich vor sich her nach draußen.

Vorerst wurde gar nichts. Schon gar nicht gut. Onkel Mike und Mama waren verschwunden. Wahrscheinlich, weil Mama nicht wollte, dass ich ihren Streit mitbekam. Mir war hundeelend.

Paps ging zurück ins Haus und kam mit einem Glas Wasser für mich zurück. Für sich hatte er ein Bier geholt. Na toll! Er hatte den Inhalt des Kühlschranks gesehen. Das mit dem gesunden Essen und Leben würde er mir nicht mehr abnehmen! Zu meiner Überraschung verlor er kein Wort darüber.

Nach ein paar Schlucken stieß er ein tiefes, zufriedenes »Ahhhhhhhhhhhhhh« aus, wischte sich über den Mund und schaute sich um. »Schön habt ihr's hier!«

Wie meinte er das jetzt? Warum drängte er mich nicht zum Packen? Mein Herzschlag legte einen Zacken zu. Bedeutete das …? Ich wagte es nicht, die Frage zu stellen. Und überhaupt. Selbst wenn Paps mir erlauben würde, bei Onkel Mike zu bleiben: Mama würde es nicht tun. Mein Herzschlag samt Herz rutschte nach unten in Richtung Magen. Mama.

Kaum hatte ich an sie gedacht, tauchte sie doch tatsächlich zusammen mit Onkel Mike am Waldrand auf. Typisch! Ihre Super-Spezial-Sensoren funktionierten sogar, wenn sie wütend war. Obwohl … So aus der Ferne kam sie mir gar nicht richtig wütend vor. Auch nicht, als die beiden näher kamen. Ich weiß, dass es im Wald Pilze gibt, die wie Drogen wirken. Hatte Onkel Mike Mama zur Beruhigung einen von denen verabreicht?

Doch weder Mama noch Onkel Mike sahen irgendwie zugedröhnt aus. Nicht einmal, als sie direkt vor uns standen. Onkel Mike zwinkerte mir zu. »Komm«, sagte er zu Paps. »Wir drehen eine kleine Runde.«

Mama und ich waren allein. Ich wusste nicht, was ich sagen sollte. Mama schon. Sie fragte, ob ich hierbleiben wolle. Ich nickte. Das reichte. Sie brauchte zwei Sekunden Anlaufzeit, dann redete sie. So viel, dass es ein ganzes Buch füllen würde. Es ging um mich, Mama, Paps und darum, wie das Leben früher war. Mama erzählte mir die Geschichte über Guns N' Roses. Ihre Eltern verboten ihr, auf das Konzert zu gehen, weil es zu weit weg war. Sie haute ab, ohne eine Nachricht zu hinterlassen, reiste per Anhalter hin und zurück und war zwei Tage lang weg. Ich hatte keine Zeit, aus dem Staunen über meine doch nicht so brave Mama herauszukommen, denn sie wechselte direkt zum Leben, wie es jetzt ist.

Mann, so ein Erwachsenenleben ist grausam kompliziert! In Mamas Leben geht es um Liebe, die sich davongeschlichen hat. Um Kinder, die groß werden. Also mich. Um Verantwortung. Um Angst vor Fehlern. Um das Loslassen. Und darum, wie viel man als Mutter alles falsch machen kann, auch wenn man es richtig machen will.

Ich glaube, das, was da aus Mama heraussprudelte, war ihre Videobotschaft für mich. Live und nicht per Handyaufnahme. Weil sie es mir persönlich sagen wollte. Die Botschaft dauerte so lange, dass Onkel Mike und Paps drei Runden drehen mussten, nicht nur eine. Es brannte schon wieder. Diesmal nicht in der Pfanne, sondern in mir drin. Während ich Mama zuhörte, wurde mir nämlich klar, dass sich auch in Videobotschaften etwas zwischen den Zeilen versteckt.

Mama hatte mich lieb. Trotz allem. Auch wenn es ihr lieber gewesen wäre, ich hätte mit ihr geredet, statt Klaus-Dieter auszuweiden und einfach abzuhauen.

Mama redete mit mir wie mit einem Erwachsenen. Das fühlte sich gut an. Das Beste war: Ich durfte bei Onkel Mike bleiben. Mama kam nicht einmal nachschauen, ob im Haus Ordnung herrschte. Sie fragte nicht, woher der Gestank kam. Sie guckte nicht in den Kühlschrank. Ich denke, das hing damit zusammen, was sie über *Vertrauen und Loslassen* gesagt hatte.

Mama ließ mich los und sie vertraute mir. Ich war frei. Der beste Sommer meines Lebens lag vor mir. Falls ich nicht verhungerte, bevor ich ihn genießen konnte.

In der Höhle des Löwen

Onkel Mike und ich winkten Mama und Papa ein letztes Mal nach, bevor sie im Wald verschwanden.

»Hab ich vielleicht einen Kohldampf!«, sagte Onkel Mike.

»Dann wäre es gut, wenn du Dart spielen könntest.«

»Hä?«

»Unser Essen ist angebrannt.«

»Total?«

»So was von total.«

»Das ist alles ein bisschen viel für dich, nicht wahr?« Onkel Mike schaute mich besorgt an. »Geht es dir gut?«

»Ja. Warum?«

»Weil du mir seltsame Fragen stellst.«

»Welche denn?«

Onkel Mike guckte noch ein wenig besorgter. »Na, ob ich Dart spielen kann.«

Mir war ein Rätsel, was an dieser Frage seltsam sein sollte.

»Du musst den vierten Preis in der Dart-Dorfmeisterschaft gewinnen«, sagte ich.

»Leon? Ist alles in Ordnung mit dir?«

Onkel Mike reckte seinen Zeigefinger in die Höhe und bewegte ihn langsam vor meiner Nase hin und her. *Und so einer fragte, ob es mir gut ging?*

»Was soll das?«, wollte ich wissen.

»Ein Check.«

»Habe ich ihn bestanden?«

»Glaub schon.« Er hörte auf, vor meinem Gesicht herumzufuchteln. »Hab mal gehört, so könne man prüfen, ob jemand geistig weggetreten ist.«

»Mit einem Zeigefinger?«

»Man beobachtet, ob die betroffene Person dem Finger mit den Augen folgt.«

»Du meinst, wie ein Hund einer Wurst nachsieht, mit der man vor ihm herumwedelt?«

»So in etwa.«

Ich fand diesen Test ziemlich bescheuert. Aber ich bin ja nicht Arzt. Oder Hundezüchter. Vielleicht half es, wenn ich Onkel Mike erklärte, warum es gut wäre, wenn er Dart spielen könnte. »Der vierte Preis ist ein Korb mit Esswaren.«

»Warum hast du das nicht gleich gesagt?«

Hätte ich ja. Wenn er nicht Onkel Doktor gespielt und mich mit seinem Finger verrückt gemacht hätte. »Jetzt weißt du es. Und? Kannst du?«

»Was?«

»Dart.«

»Ja.«

»Gut?«

»Ziemlich.« Onkel Mike fuhr sich unsicher durch die Haare. »Wie sehe ich aus?«

Mir war schleierhaft, warum er mich das fragte. Wir mussten bei einem Dart-Turnier mitmachen, keinen Schönheitswettbewerb gewinnen. »Gut«, log ich, weil ich keine Zeit verlieren wollte.

»Dann mal los.« Er klang grimmig. Wie einer, der in eine Schlacht ziehen will.

»Da wäre noch ein kleines Problem«, bremste ich ihn.

»Was für eins?«

»Man muss einen Starteinsatz bezahlen.«

»Ich sagte dir doch schon, dass wir ...«
»... pleite sind. Ja. Aber du hast doch bestimmt etwas, das du als Pfand hinterlegen kannst.«
»Dich«, antwortete er.
»Das ist nicht witzig!«
»Hast du eine bessere Idee?«
»Deine Jacke, die du im Fernsehen immer getragen hast.«
Er winkte ab. »Die habe ich Greta geschenkt.«
»Okay. Gretas Schuh.«
»Verarschst du mich gerade?«
Ich rollte mit den Augen. »Was denkst du denn? Wie wär's mit dem Fahrrad?«
»Ist hinüber.«
»Und wenn wir Luft reinpumpen?«
»Ist es immer noch hinüber.«
»Ein Autogramm von dir?«
»Das ist nicht mal fünfzig Cent wert.« Er atmete tief durch. »Wir nehmen meine Gitarre.«
»Bist du wahnsinnig?«
»Nein. Realistisch. Es ist so: Du und ich, wir beide brauchen was zu essen. Und ich bekomme das mit der Musik sowieso nicht hin.«
»Doch!«, widersprach ich. »Ich helfe dir.«
»Das ist echt nett gemeint, Leon, aber schauen wir den Tatsachen ins Auge. Mir fällt nichts ein. Da kann keiner helfen, auch du nicht.«
Super! Das Essen verbrannt, wir total abgebrannt und Onkel Mike ausgebrannt. Nichts im Magen, nichts im Geldbeutel, keinen einzigen neuen Song in der Pipeline. Ich musste Prioritäten setzen. Die Musik kam nach dem Essen. Wichtig war erst einmal die Nahrungsaufnahme. Danach konnten wir weiterschauen. »In Ordnung«, willigte ich ein. »Die Gitarre.«

Onkel Mike faltete seine Hände und streckte die Arme, bis es in seinen Fingern knackte. »Auf in die Höhle des Löwen!«

»*Frohsinn*«, korrigierte ich ihn. »Das Restaurant heißt *Frohsinn.*«

Wir betraten den *Frohsinn* zu dritt: Ich, Onkel Mike und seine Gitarre. Mit einem Plan A. Ohne Plan B. Wenn das mit der Gitarre als Pfand nicht klappte, waren wir geliefert.

Der Lärm, der eben noch getobt hatte, verstummte. Ich schaute unauffällig nach unten, um zu checken, ob mein Hosenschlitz offen war. Er war zu. Genau wie der von Onkel Mike. Es musste einen anderen Grund geben, warum uns die Leute blöd anglotzten. Langsam begann ich zu ahnen, warum Onkel Mike von einer Höhle des Löwen geredet hatte.

Nach einer gefühlten Ewigkeit löste sich ein Typ aus der Menge, kam mit einem breiten Zahnlückengrinsen auf mich zu und hielt mir die Hand hin. Ich begriff, dass ich sie schütteln musste.

»Hallo, Franken… ähm … Herr Busfahrer.«

Während er mir mit seiner Riesenpranke beinahe meine Finger zerquetschte, fragte Frankenstein: »Na, immer noch hier?«

»Ja, und immer noch nicht gefressen worden.«

Lachend haute er mir seine freie Hand auf die Schulter. »Ich heiße Fritz. Und du?«

»Leon«, antwortete ich höflich und hoffte, dass er meine Hand loslassen würde, bevor sie mir abfiel. Er schüttelte sie weiter. »Schön, dass du den Macker-Spinner mitgebracht hast. Wollt ihr an der Meisterschaft teilnehmen?«

Das war der Plan gewesen. Ich war mir nicht sicher, ob ich mit meinen tauben Fingern überhaupt noch einen Dartpfeil halten konnte.

Endlich hörte Busfahrer Fritz Frankenstein mit dem Schütteln auf und hielt seine Pranke Onkel Mike hin. »Auf ein Neues«, sagte er.

Das Gesicht von Onkel Mike lief rot an. Er zögerte. Ich sah unseren Warenkorb schon langsam davonschweben, da schlug er ein. »Auf ein Neues«, murmelte er.

Mich interessierte brennend, was da denn Altes gewesen war, aber die beiden schüttelten sich immer noch die Hände. Ich konnte nicht erkennen, ob es sich um ein Friedensschütteln oder ein Kriegsschütteln handelte.

»Und wozu ist die Gitarre? Willst du uns was vorsingen?«, fragte Fritz.

»Ich glaube nicht, dass meine Musik hier gut ankommen würde.«

Das glaubte ich auch nicht. So wie die Leute aussahen, standen sie eher auf die *Klammenfurter Turteltauben.*

»Nun, das müssten wir ausprobieren, nicht wahr?« Fritz zwinkerte Onkel Mike zu. »Wenn du nicht singen willst, warum hast du die Gitarre dann mitgebracht?«

»Als Pfand. Für zwei Starteinsätze.«

Fritz kicherte, was irgendwie total abgefahren klang und irgendwie total passte.

»Abgemacht«, rief eine Frauenstimme.

Damit schien alles geklärt. So schnell, wie es vorher still geworden war, wurde es wieder laut.

»Du willst also deine Gitarre versetzen?«, fragte dieselbe Stimme wie vorhin. Nur von sehr viel näher. Die Frau stand direkt vor uns. Ich erkannte sie sofort. Die Kriegerin vom Wasserfall!

»Ich bin Sue«, sagte sie zu mir. »Hallo, Mike.«

Sie hielt ihm die Hand hin. Nicht, um sie zu schütteln, sondern um ihm die Gitarre abzunehmen. Onkel Mikes Gesicht wechselte von dunkelrot zu tiefrot. Er drückte der Kriegerin das Instrument umständlich in die Hand.

»Zwei, hast du gesagt?«

»Ja.« Seine Stimme kratzte. »Einmal für mich und einmal für Leon. Oder gibt es ein Mindestalter?«

»Nein. Jeder und jede aus dem Dorf darf teilnehmen. Meine Tochter macht auch mit.« Sue zeigte auf einen Tisch in der Ecke. Dort saß ein Mädchen mit zwei Zöpfen, die sich nicht entscheiden konnten, was sie sein wollten: Indianerzöpfe oder Pippi-Langstrumpf-Zöpfe. »Das ist Paula.«

Der Name kam mir bekannt vor. Hatte nicht Busfahrer Fritz Frankenstein bei unserer ersten Begegnung etwas von einer Höllenlärm-Paula gesagt? So ruhig, wie Zopf-Paula auf der Bank saß, konnte ich mir das gar nicht vorstellen. Es musste im Ort noch eine andere Paula geben.

»Was zu trinken?«, fragte Sue.

»Nein«, antworteten Onkel Mike und ich gleichzeitig.

»Ich nehm's auf die Gitarre.«

Sue redete mit mir, obwohl die Gitarre Onkel Mike gehörte. Ich nickte begeistert und bestellte einen Eistee.

»Für mich ein Bier«, brummte Onkel Mike. »Alkoholfrei.«

Sues Augenbrauen hoben sich spöttisch. »Sieh an. Alkoholfrei.«

»Was dagegen?«

»Der Gast ist König.« In Sues Stimme schwammen Eiswürfel. Es war nicht zu überhören, dass Onkel Mike für sie genauso zum feindlichen Stamm zählte wie sie für ihn. Warum hatte sie dann die Gitarre als Pfand genommen?

»Setzt euch irgendwohin, wo noch Platz ist«, sagte sie. Schon wieder zu mir. Als wäre Onkel Mike Luft.

Wir stellten uns an den Tresen. Wegen der Schale mit den Nüsschen.

»Kennst du sie?«, fragte ich Onkel Mike, nachdem ich mir eine Ladung Knabbereien in den Rachen geworfen hatte.

»Wen?«

»Na, Sue.«

»Hmmm.«

Ich interpretierte das als ein *Darüber-rede-ich-nicht* und schaute in die Runde.

Oma guckt manchmal Heimatfilme. Der *Frohsinn* hätte ihr gefallen. Alles war aus Holz. Der Boden, die Tische, die Wände und die Decke. Über dem Tresen hing ein Hirschgeweih. Die Leute hier interessierten sich anscheinend nicht für die neueste Mode. Sie trugen praktische Sachen, mit denen man notfalls auch Traktor fahren, Holz hacken oder Kühe auf die Alp treiben konnte. Sie redeten laut und sie lachten laut.

Paula war das einzige andere Kind im *Frohsinn.* Na ja, Kind ist nicht ganz das richtige Wort. Bestimmt war auch sie schon fast zwölf. Vielleicht sogar ganz zwölf. Sie hatte nämlich schon einen Busen. Keinen großen. Aber … Oh Mann, was erzähl ich denn da? Wie auch immer. In ihren Klamotten hätte sich keins der Mädchen aus meiner Klasse in die Schule getraut. Jeans, Turnschuhe, ein schwarzes T-Shirt und darüber ein offenes rot-schwarz kariertes Hemd. Und dann diese Zöpfe! Die hätten bei uns an der Schule Kreischanfälle ausgelöst. Bei mir nicht. Ich fand Paula okay. Für ein Mädchen. So auf den ersten Blick und aus sicherer Entfernung.

Ich griff in die Schale mit den Nüsschen. Sie war leer. Wenigstens würde ich gleich etwas anderes als Quellwasser zu trinken bekommen. Sue steuerte auf uns zu und stellte die Getränke vor uns hin.

»Oha!«, sagte sie mit einem Blick auf die leere Schale. »Hat das Gemüse nicht gereicht?«

Onkel Mikes Kinnlade klappte runter. Ich kickte gegen sein Schienbein. Sein Mund klappte wieder zu. Wie bei einem Fisch auf dem Trockenen.

»Welches Gemüse?«, fragte ich im Tonfall eines Unschuldslamms.

Die Antwort kam wie eine Faust in den Magen. »Meins.«

Auch das noch! Onkel Mike hatte ausgerechnet den feindlichen Stamm bestohlen. Ich fragte mich, ob es noch schlimmer kommen konnte.

Die Schlacht im Frohsinn

Es kam noch schlimmer. Onkel Mike spielte nicht einfach ziemlich gut Dart. Er spielte extrem gut. Und er schien entschlossen, die Schlacht gegen die glotzenden Eingeborenen und die feindliche Sue zu gewinnen, selbst wenn er dafür den Warenkorb opfern musste. Nach der ersten Runde lag er in Führung.

»Wir brauchen keine Kaffeemaschine«, flüsterte ich.

»Taktik«, flüsterte er zurück.

Wenn Onkel Mike etwas von Taktik verstanden hätte, wäre er Star geblieben und nicht halb verhungert im *Frohsinn* gelandet. Ich war also ein bisschen misstrauisch. Vor allem war ich keine Hilfe. Das Handgedrücke mit Fritz hatte seine Spuren hinterlassen. Meine Finger konnten den Dartpfeil kaum halten, geschweige denn treffsicher in Richtung Scheibe werfen. Sogar die Zopf-Paula war besser als ich.

Mit Onkel Mike als Erstem und mir als Letztem auf der Rangliste standen unsere Chancen auf den Warenkorb nicht zum Besten. In der Pause zwischen dem ersten und dem zweiten Durchgang räumte Sue unsere Gläser ab. »Wie ich sehe, hast du mehr Talent für Dart als für Frauen«, zog sie Onkel Mike auf.

Er grummelte etwas Unverständliches. Für mich hörte es sich bedrohlich nach einer Kampfansage an.

»Warenkorb!«, erinnerte ich ihn.

Es nützte nichts. Dass Sue beinahe gleich gut spielte wie er, stachelte ihn zusätzlich an. Treffsicher schoss er seine Pfeile in schwindelerregende Punktzahlen und gewann auch die zweite Runde.

Gleich hinter ihm lag Sue, danach kam einer, der aussah, als könne er ganz alleine einen Bären besiegen und Baumstämme über hundert Meter weit werfen. Sepp hieß er. Und weil auf dem Land fast jeder Sepp heißt, war er der Bart-Sepp. Den Namen verdankte er dem struppigen Gewächs, das in seinem Gesicht wucherte und ihm beinahe bis zur Brust reichte.

Busfahrer Fritz Frankenstein war der aktuelle Kandidat auf den Warenkorb, denn er machte sich auf Platz vier breit. Ich hatte etwas aufgeholt, befand mich aber immer noch hinter Paula. Das Tabellenende gehörte den drei Kräuterschnapstrinkern vom Tisch neben der uralten Jukebox. Sie hatten zu singen begonnen und bejubelten jeden ihrer Treffer. Was nicht mehr viele waren.

»Wir müssen reden«, sagte ich in der Pause vor dem entscheidenden Durchgang zu Onkel Mike.

»Müssen wir nicht«, entgegnete er. »Ich weiß, was ich tu.«

Da war ich mir nicht so sicher! Ich versuchte auszurechnen, wie viele Punkte ich brauchte, um in die Nähe des vierten Platzes zu kommen. Es waren zu viele. Selbst wenn ich jeden Wurf perfekt platzierte, reichte es nicht. Unser Schicksal samt unseren knurrenden Mägen lag in der Hand von Onkel Mike.

Um das Turnier spannender zu machen, wurde nun in umgekehrter Reihenfolge gespielt. Die Letztplatzierten begannen. Ich beobachtete, wie Onkel Mike konzentriert den fliegenden Pfeilen zusah. Bei jedem Treffer kniff er die Augen zusammen und legte seine Stirn in Falten. Busfahrer Fritz Frankenstein hatte eine Glückssträhne und sammelte eine Menge Punkte auf sein Konto. Bart-Sepp verteidigte seine Position. Und ich merkte allmählich, worauf es hinauslief. Onkel Mike rechnete aus, wie viele Punkte er brauchte, um auf Platz vier zu kommen!

Ich sah, wie Sue Paula zublinzelte und dann eine furchtbar schlechte Runde warf. Sie fiel hinter Bart-Sepp und Busfahrer Fritz Frankenstein auf Platz drei zurück. Pech oder Absicht? Ich hatte keine Ahnung. Vor allem nicht, warum sie dabei so glücklich aussah.

Als Onkel Mike an der Reihe war, stand er völlig gelassen da und zielte. Ohne das Raunen und die hämischen Kommentare zu beachten, verschenkte er jede Menge Punkte. Ein Wurf noch, und der Warenkorb gehörte uns!

Onkel Mike vermasselte es. Er merkte es nicht einmal.

»Das Essen gehört uns, mein Freund!«, sagte er siegessicher.

Ich schluckte leer und schüttelte den Kopf.

»Aber ich hab doch genau die richtige Punktzahl geworfen!«

»Drei daneben.«

Fassungslos ging er die Auswertung durch. »Drei daneben«, wiederholte er zerknirscht. »Tut mir leid, Kumpel.«

»Kann passieren«, tröstete ich ihn tapfer, obwohl mir vor Hunger schlecht war.

»Was haben wir denn gewonnen?«, fragte Onkel Mike.

»Platz drei. Einen Reisegutschein der Bahn.«

»Na, dann können wir wenigstens aus diesem Kaff abhauen.« Er versuchte zu grinsen. Es sah jämmerlich aus.

Ich schaute zu Paula hinüber. Sie kniff den Mund zusammen. In ihren Augen standen Tränen. Auf einmal verstand ich, was abging. Sue hatte die ganze Zeit gewusst, dass wir den Warenkorb wollten, und fest mit unserem vierten Rang gerechnet. So wie wir. Damit wäre sie Dritte geworden und hätte den Reisegutschein gewonnen. Ich hob die Hand. Es dauerte eine Weile, bis Sue sie bemerkte.

»Ja?«

»Wir würden gerne unser Pfand einlösen und die Drinks bezahlen«, sagte ich. »Akzeptiert ihr Reisegutscheine?«

»Leider nicht.«

»Gut«, antwortete ich schnell, bevor Onkel Mike es noch einmal vermasseln konnte. »Wir machen dir einen Vorschlag. Du gibst uns den Warenkorb und bekommst von uns den Gutschein. Dafür leihst du uns die Kosten fürs Mitmachen und die Drinks.«

Sue schien darüber nachdenken zu müssen. Ich hielt die Luft an. Was gab es da nachzudenken? Sie wollte den Reisegutschein, wir den Warenkorb. Es lief doch alles bestens. So langsam verstand ich, weshalb Onkel Mike die Frauen nicht verstand. *Komm schon*, dachte ich, *schlag ein!*

»Das kann ich nicht annehmen«, sagte Sue.

»Finde ich auch«, mischte sich Onkel Mike ein. »Der Gutschein ist viel mehr wert als der Warenkorb.«

Ich schnappte nach Luft. Onkel Mike grinste.

»Ich schlage vor, du spendierst uns den Einsatz und die Drinks und legst noch eine Runde drauf.«

Ich verabschiedete mich in Gedanken vom Warenkorb und von Hinter-Oberdorf.

»Deal«, willigte Sue ein.

»Deal«, besiegelte Onkel Mike den Handel.

»Deal?«, krächzte ich. Verstehen musste ich das nicht. Es zählten nur zwei Dinge: Wir hatten den Warenkorb und ich konnte in Hinter-Oberdorf bleiben.

Der Warenkorb und der Gutschein wechselten die Besitzer. Onkel Mike und ich setzten uns zu Paula an den Tisch. Sue brachte nicht nur Getränke, sondern auch eine Ladung Pommes mit einer großen Portion Ketchup. Wir schlugen uns die Bäuche voll. Jemand steckte eine Münze in die Jukebox. Die singenden Kräuterschnapstrinker räumten zwei Tische beiseite und begannen zu tanzen. Was bedeutete, dass sie wie verrückt herumhüpften und ihre Körper auf ziemlich lustige Weise verrenkten. Paula und ich lachten. Sie war okay. Auch auf den zweiten Blick und aus der Nähe betrachtet.

Irgendwann standen sämtliche Tische an den Wänden und wir tanzten alle. Sogar ich. Es spielte absolut keine Rolle, wie man sich bewegte. Hauptsache, es machte Spaß. Und das machte es.

Bis Fritz sagte, er spendiere mir eine Wunschrunde an der Jukebox, und ich die *Flying Batmen* drückte. Kaum wummerten die ersten Klänge durch die Kneipe, zog jemand den Stecker. Es wurde totenstill. Alle starrten Sue an, die dastand wie bestellt und nicht abgeholt. Sie nahm Paula an der Hand und verschwand mit ihr durch die Tür.

»Verdammte Axt!«, rief Bart-Sepp. »Warum zum Henker hat immer noch niemand die verflixte Platte da rausgenommen?«

Keiner antwortete. Wahrscheinlich, weil keiner die Antwort kannte. Ich schon gar nicht. »Es tut mir leid«, entschuldigte ich mich, wobei ich nicht einmal wusste, wofür.

»Schon gut«, meinte Fritz. »Du konntest das ja nicht wissen.«

Ich hätte gerne gefragt, was ich nicht wissen konnte, doch es war der falsche Moment. Onkel Mike legte seinen Arm um meine Schulter. »Komm, wir gehen«, sagte er leise.

Und so gingen wir. Mit einem Korb voller Köstlichkeiten, einer Gitarre und zwei schweren Herzen.

Toni Toast auf Mission

Diesmal erwachte ich im Bett, nicht auf dem Boden. Wie von einer Dampfwalze überfahren fühlte ich mich trotzdem. Ich hatte lange wach gelegen und mir überlegt, warum die *Flying Batmen*-Platte wie ein Blitz eingeschlagen und alles kaputt gemacht hatte. Mir war nichts eingefallen. Ich schaute den Staubkörnchen in den Sonnenstrahlen beim Schweben zu und entschied, den Tag nicht mit Grübeln zu beginnen. Davon bekam man nur Kopfschmerzen.

Im Haus war es still. Auch aus Onkel Mikes Zimmer drang kein Laut. Entweder hatte er das Schnarchen aufgegeben oder er war schon aufgestanden. Ich ging nach unten. Onkel Mike war nicht dort. Dafür stand der Warenkorb auf dem Tisch. Ich gönnte mir ein paar Schlucke vom frischen Apfelsaft. Direkt aus der Flasche. Dazu genehmigte ich mir eine dicke Scheibe Birnbrot. Es schmeckte einfach köstlich! Pappsatt und total zufrieden mit mir und der Welt, beschloss ich, Mama eine SMS zu schreiben. Ich holte mein Handy von der Kommode, wo es neben Onkel Mikes Handy zum Aufladen lag.

Es geht mir gut. Danke, dass ich bleiben darf.

Ich zögerte. Dann hängte ich noch etwas an. **Hab dich lieb.** Keine zwei Minuten später kam die Antwort: **Hab dich auch lieb.** Mehr nicht. Keine Fragen, keine Ratschläge. Mir wurde kuschelig warm. Bestimmt saß ich da und grinste völlig dämlich vor mich hin. Egal. Ich genoss das gute Gefühl.

Während ich überlegte, was ich als Nächstes tun wollte, begann Onkel Mikes Handy zu summen. Neugierig schaute ich auf das Display. *Edgar*. Hieß so nicht der Fuzzi vom Plattenlabel, der jeden Tag anrief und Stress machte? Ich ging ran.

»Toni Toast«, meldete ich mich mit meiner tiefsten Stimme. »Wie Bernd Brot, nur halt eben Toast. Was kann ich für Sie tun?«

Ich hörte ein überraschtes Einatmen.

»Wer sind Sie?«, wollte Edgar wissen.

»Ach, nennen Sie mich einfach Toni.«

»Ja, das habe ich verstanden, Sie Dummdödel. Aber nicht, warum Sie an Mikes Handy gehen.«

Wenn der unhöfliche Typ nicht merkte, dass er gerade übelst veräppelt wurde, konnte ich das Spiel ja noch eine Runde weiterspielen. »Ich bin sein Assistent«, behauptete ich.

»So was kann sich Mike gar nicht leisten!«

Der Mann lachte. Ich fand seinen Humor nicht witzig, weshalb ich noch mal einen drauflegte.

»Wir haben einen speziellen Deal gemacht.«

Das war nicht einmal gelogen, tröstete ich den pädagogisch tickenden Teil in mir. Onkel Mike und ich hatten tatsächlich einen Deal. Einen mit Blut geschlossenen. Das war viel mehr wert als ein paar Unterschriften auf irgendwelchen Papieren.

»Sie arbeiten also für Mike?«

»Darauf können Sie wetten.«

»Gut! Richten Sie ihm aus, dass ich verdammt noch mal endlich was hören will!«

»Mit dem Wort *verdammt* im Satz oder ohne?«

»Was?«

So, wie er sich anhörte, quollen Edgar in diesem Moment die Augen aus dem Kopf.

»Vergessen Sie es«, antwortete ich gönnerhaft. »Ich habe keine Zeit für solche Nebensächlichkeiten. Andauernd rufen hier irgendwelche Chefs irgendwelcher Labels an und wollen in *Hardcore-Single* reinhören.«

Himmel! Was tat ich da? Der Mann war Onkel Mikes Boss. Ich bewegte meinen Finger in Richtung *Auflegen.*

»Hardcore-Single?«, fragte Edgar.

Mein Finger stoppte mitten in der Bewegung. Bevor ich mir die Konsequenzen meines Tuns überlegen konnte, war meine Antwort auch schon raus. »Oh, hat er Ihnen das noch nicht erzählt?«

»Was?«

Irrte ich mich oder wurde Edgar unsicher? Ein bisschen Zweifel konnte dem Mann mit dem aufgeblasenen Ego nicht schaden. Ich ließ ihn ein paar Sekunden zappeln, bevor ich die nächste Stufe zündete.

»Nun, irgendwer muss geplaudert haben«, sagte ich genervt. »Es sind ein paar Leute aufgetaucht, mitten hinein in die Proben. Wir haben sie natürlich sofort rausgeschmissen. Trotzdem meldet sich jetzt alle naselang jemand und will ein Angebot machen.«

»*Angebot?*«, krächzte es.

»Ja.«

»Mike hat einen Vertrag mit *uns.*«

»Das sag ich ihm auch immer, aber es ist so …« Ich gab jetzt Vollgas. »Er braucht Zeit. Er braucht Ruhe.«

»Von beidem hat er –«

»Und er könnte einen Vorschuss gebrauchen. Im Studio hat's einen Kurzschluss gegeben.«

»Er hat schon zweimal einen verdammten Vorschuss bekommen, verflucht noch mal.«

Mama hätte den Mann nicht gemocht. Ich mochte ihn auch nicht, aber das war es nicht, was mir Bauchschmerzen bereitete. Ich war viel zu weit gegangen und war dabei, Onkel Mike direkt in die Arbeitslosigkeit zu treiben.

»Hallo? Sind Sie noch da?«, rief es aus dem Handy.

Ich konnte so tun, als ob die Verbindung abgebrochen wäre.

»Hallo?«

Oder mich entschuldigen. Vielleicht war es noch nicht zu spät.

»Okay, lassen Sie uns darüber reden.«

Der Typ wollte reden? Worüber? Dass er Onkel Mike gleich feuern würde? Shit! Ich rang nach Luft.

»Also gut. Zweitausend.«

Zweitausend? Hatte er gerade ZWEITAUSEND gesagt? Nun blieb mir außer der Luft auch noch die Spucke weg. Und der Mann wartete auf eine Antwort.

»Sie sind ja ein verdammt harter Hund«, bellte er mir ins Ohr. »Dreitausend. Verdammt. Das ist mein letztes Wort.«

DREITAUSEND!!!

Ich suchte meine Stimme und meine Sprache.

»Einverstanden.« Es gelang mir, dieses eine Wort auszusprechen, ohne zu stottern, zu quietschen oder sonst irgendwie abzuschmieren.

Edgar räusperte sich. »Sollte Mike Sie je feuern, Toni, melden Sie sich bei mir. Ich könnte jemanden wie Sie gebrauchen.«

Es klickte. Ich wusste nicht, ob es in der Leitung rauschte oder in meinen Ohren. Auf jeden Fall war mir schlecht. Und gleichzeitig hätte ich laut schreien können. Ich hatte gerade drei Riesen für uns lockergemacht! DREITAUSEND. Die Zahl flipperte durch meinen Kopf wie die Kugeln bei der Ziehung der Lottozahlen. Vorsichtshalber kniff ich mich in den Arm, bis es wehtat. Vielleicht schlief ich ja, und das war ein Traum. Der Kneiftest ergab, dass ich wach sein musste. Toni Toast, also ich, hatte gerade den Typen von der Plattenfirma ausgetrickst. Ich fühlte mich wie der König der Welt. Zumindest beinahe. Denn da gab es noch etwas, das ich erledigen musste. Sozusagen eine weitere Mission.

Der *Frohsinn* war geschlossen. An der Tür hing ein Schild mit der Aufschrift *Ruhetag.* Vier Häuser weiter stand ich vor dem Dorfladen. Genau so war er auch angeschrieben. *Dorfladen.* War wohl der einzige hier.

Hinter der Kasse saß eine Frau in einer Schürze. Ich öffnete den Mund, um sie zu begrüßen.

»Sieh an, wer hier ist!«, kam sie mir zuvor. »Du musst Leon sein!«

Mama hat einmal gesagt, dass man in einem Dorf nichts geheim halten kann, weil jeder jeden kennt oder mit ihm verwandt ist. Auf Hinter-Oberdorf schien das zuzutreffen.

»Du bist vom Wasserfall gesprungen.«

Wusste die Frau auch, dass ich Bier getrunken hatte, obwohl ich zu jung dafür war?

»Dass ihr den Reisegutschein gegen den Warenkorb getauscht habt, finde ich eine wunderbar nette Geste. Schade, dass –«

»Wissen Sie, wo Sue und Paula wohnen?«, unterbrach ich die Frau, bevor sie auf die Sache mit dem *Flying Batmen*-Song zu reden kam.

»Natürlich.« Sie strich sich mit den Händen über die Schürze. »Das letzte Haus im Ort. Gleich nach der Kurve mit dem Brunnen. Auf der linken Seite.«

Ich bedankte und verabschiedete mich in Rekordzeit und Rekordtempo und machte mich blitzartig aus dem Staub. Sonst wäre der Frau nämlich bestimmt eingefallen, mich nach dem Grund zu fragen, weshalb ich zu Paula und Sue wollte.

Das kleine Holzhaus stand in einem riesigen Garten. Auf den Fenstersimsen leuchteten die buntesten und lebendigsten Geranien, die ich je gesehen hatte. Ich öffnete das Holztürchen, ging über einen gekiesten Pfad zum Eingang und klingelte. Paula öffnete die Tür.

»Hallo, Leon.«

Zu meiner Erleichterung sah sie nicht aus, als wäre sie mir böse.

»Es tut mir leid«, entschuldigte ich mich. Auch wenn ich immer noch keine Ahnung hatte, wofür.

»Schon in Ordnung«, sagte sie. »Du konntest es ja nicht wissen.«

Das hatte Busfahrer Fritz Frankenstein auch gesagt! Und wieder war es der falsche Moment, mich zu erkundigen, was ich nicht wissen konnte. Paula sah glücklich aus. Ich wollte nicht, dass sie wieder traurig wurde.

»Das mit dem Gemüse auch«, schob ich die zweite Entschuldigung hinterher.

Sie zeigte auf den Garten. »Wir haben genug davon. Aber ihr hättet fragen können.«

»Kommt nicht wieder vor«, versprach ich.

Nicht mit dreitausend auf dem Konto. Damit konnten wir den ganzen Dorfladen kaufen. Und den halben *Frohsinn* dazu.

Meine Mission war erfüllt.

»Ich geh dann mal …«

Irgendwie schade, fand ich. Dummerweise war Paula ein weibliches Wesen. Und solchen hatten Onkel Mike und ich ja abgeschworen. Allen. Ohne Ausnahme. Ich hob die Hand und schlenderte locker-lässig davon.

»Bis bald«, rief mir Paula hinterher.

Ich hatte keine Ahnung, wie schnell *bald* sein würde!

Reborn

Ich fand Onkel Mike im Musikstudio. Von oben bis unten mit einer feinen grauen Staubschicht bedeckt, kroch er auf allen vieren zwischen Schlagzeug, Gitarren, Mikrofonständern und Verstärkern auf dem Boden herum und fluchte leise vor sich hin.

»Sei bloß vorsichtig!«, warnte ich ihn.

Er sprang erschrocken hoch, verhedderte sich in einem Kabel und fiel hin. Es sah so witzig aus, dass ich lachen musste.

»Hahaha«, grummelte er.

»Wir sind reich.«

Ich dachte, das würde ihn aufheitern, tat es aber nicht. Er grummelte weiter. »Wenn der Witz besser wäre, könnte ich vielleicht auch lachen.«

»Kein Witz!« Ich setzte mich neben ihn und erzählte ihm, wie ich Edgar dazu gebracht hatte, uns jede Menge Kohle zu überweisen.

»Dreitausend?«, flüsterte Onkel Mike. Ehrfürchtig, als wären wir in einer Kirche. »Edgar überweist uns DREITAUSEND?«

Ich nickte.

»Heiliger Himmel!«

Das war genug Ehrfurcht und Kirche, fand ich. Es war Zeit, an die praktischen Dinge zu denken. »Du brauchst einen Wahnsinnssong. Etwas total Neues.«

»Ich könnte Rap mit Volksmusik mischen«, meinte Onkel Mike.

Mir wurde allein beim Gedanken daran elend. »Nein!«

»Das machen jetzt ganz viele. Sogar *Mad Kamikaze MaXXX*. Er hat ziemlich Erfolg damit.« In Onkel Mikes Worten schwang eine gehörige Portion Neid mit.

»Dein Label will was Neues«, erinnerte ich ihn. »Und du willst doch etwa nicht deinen Erzrivalen kopieren.«

Er kratzte sich hinter dem Ohr.

Ich legte noch einen drauf. »Hardcore! Das hast du gesagt. Ehrliche Musik. Direkt –«

»Hart«, fiel er mir ins Wort. »Kompromisslos. Authentisch.«

»Authentisch?«, hakte ich nach.

»Ja, echt, mitten aus der Seele raus. Hardcore halt.«

Authentisch. Das Wort klang zwar übel langweilig, aber seine Bedeutung gefiel mir.

»Authentisch.« Ich hob die Hand. Onkel Mike schlug ein. »Jetzt sollte nur noch die verdammte Technik funktionieren.«

Ich dachte an die Leute aus dem *Frohsinn*. Keiner von ihnen hatte ausgesehen, als verstünde er was von Musik, geschweige denn von Technik. Außer …

»Wem gehört dieses Haus?«, fragte ich.

»Timo. Dem Sänger der *Flying Batmen*.«

Hätte ich nicht schon am Boden gesessen, wäre ich umgekippt. Ich wohnte im Haus von Batman Timo?

»Was ist?«, drang Onkel Mikes Stimme von weit weg zu mir durch. »Du siehst irgendwie blass um die Nase aus.«

»Batman Timo?« Diesmal war ich derjenige, der flüsterte, als befände ich mich in einer Kirche. Was irgendwie auch zutraf. Ich war tatsächlich an so was wie einem geweihten Ort!

»Hast du das nicht gewusst?«

Ich schüttelte den Kopf.

»Na, konntest du wahrscheinlich auch nicht. Timo hat seine Biografie aufgepimpt. Wer gibt schon gerne zu, ein Hinterwäldler zu sein? Und dann auch noch aus Hinter-Oberdorf. Außerdem war er schon seit Jahren nicht mehr hier.«

Das erklärte den jämmerlichen Zustand des Hauses und dieses Musikstudios.

»Wieso ist das wichtig?«, wollte Onkel Mike wissen.

»Na, weil ich dachte, der Besitzer des Hauses … weil Timo bestimmt weiß, wie man das mit der Technik wieder hinbekommt.«

»Diese Idee hatte ich auch schon«, sagte Onkel Mike.

»Und?«

»Er hat gemeint, ich soll Sue fragen.«

»Sue? Die Bedienung aus dem *Frohsinn*?«

Onkel Mike seufzte. »Genau die. Das Dumme ist nur, dass ich es mir mit ihr gründlich verscherzt habe.«

»Wegen dem Gemüse?«

»Auch.«

Ich wartete darauf, dass er mir erklärte, was da sonst noch gewesen war. Er schwieg. Also bohrte ich nach. »Was hast du denn getan?«

»Hab Julia in den *Frohsinn* mitgenommen.«

»Julia? Ich dachte, sie hieß Greta.«

»Julia war vor Greta.« Er zuckte mit den Schultern. »Nicht wichtig. Ist nur eine Nacht geblieben.«

»Und danach kam Greta«, half ich ihm auf die Sprünge.

»Nicht direkt. Dazwischen gab es Silvana, Liz und Caro und noch eine, weiß gerade nicht, wie die hieß.«

Das waren tatsächlich eine ganze Menge Frauen für einen einzigen Sommer, aber ich verstand immer noch nicht, weshalb er deshalb mit Sue ein Problem hatte. Oder sie mit ihm.

»Dann war ich alleine im *Frohsinn*.« Onkel Mike strich sich über seine Bartstoppeln. »Hab zu viel getrunken und ein paar Dinge über Frauen gesagt, die ich besser nicht gesagt hätte.«

Ich wagte mir nicht vorzustellen, was da alles an Beleidigungen durch die Luft geflogen war. Ich wusste nur, dass eine wie Sue Macho-Gängsta-Rap-Geschwalle nicht einfach so schluckte. Deshalb hatte sie Onkel Mike so abweisend behandelt. Immerhin war sie zu mir nett gewesen. Sehr nett, fand ich. Und wieder hatte ich eine Erleuchtung. Nicht ganz so groß wie im Zimmer bei Paps. Aber groß genug, um zu begreifen, dass ich der Grund war, weshalb Sue die Gitarre als Pfand angenommen hatte. Vielleicht hätte sie Onkel Mike mir zuliebe sogar mit der Technik geholfen. Wenn da nicht das mit der *Flying Batmen*-Scheibe aus der Jukebox gewesen wäre. Damit hatte ich es mir mit ihr so gründlich verscherzt wie Onkel Mike.

»Wir suchen uns jemand anderen«, schlug ich vor. »Sue kann doch nicht die Einzige sein, die was drauf hat. Technisch, meine ich natürlich.«

Wir teilten uns die Aufgaben auf. Onkel Mike machte sich ans Songschreiben. Das ging auch mit einer akustischen Gitarre. Mein Job war es, einen Techniker aufzutreiben. Notfalls mussten wir eben jemanden aus der Zivilisation zu uns bemühen. Zuerst wollte ich es aber im Dorf versuchen. Vielleicht stieß ich ja auf ein verkanntes Genie oder zumindest einen, der eine Steckdose von einem Toaster unterscheiden konnte.

Kurz nach der Brücke kam mir einer der Kräuterschnapstrinker aus dem *Frohsinn* auf seinem Traktor entgegen. Sein Körper konnte unmöglich den ganzen Alkohol vom Vorabend abgebaut haben. Ich war nicht gerade scharf auf einen Zusammenprall mit einem Fahrzeug, dessen Hinterräder größer waren als ich. Also wich ich ins Gras neben der Straße aus. Von dort wollte ich den Kräuterschnapstrinker mit Winken zum Anhalten bringen. Nur zum Anhalten. Ich schwöre es. Was konnte ich dafür, dass der Mann reagierte wie einer, der einen Geist gesehen hat?

Er riss seine Augen auf. Es knirschte, als kaue ein Riese auf einem Steinbrocken rum. Der Motor heulte auf, der Traktor schlingerte. Nach einem Bremsweg, für den jeder Polizist den Fahrer sofort aus dem Verkehr gezogen hätte, stand das Fahrzeug still.

»Holla, junger Mann!«, röhrte der Kräuterschnapstrinker. »Ist jemand verletzt?«

»Nein, nein«, rief ich. »Ich habe nur eine Frage.«

»Und ich dachte schon, es ginge um Leben und Tod«, brummte er. »Was gibt's denn?«

»Wissen Sie jemanden, der sich mit Technik auskennt?«

»Na, die Sue«, antwortete er. »Wer denn sonst?«

Logo. Wer denn sonst?

An der Bushaltestelle traf ich Fritz. »Sue«, sagte er, nachdem ich ihm mein Problem geschildert hatte.

Ich stellte meine Frage noch zwei Bauern, dem Dorfschreiner, der Briefträgerin und der Verkäuferin im Laden. Die Antwort war stets dieselbe. Wer immer in Hinter-Oberdorf ein technisches Problem hatte, wandte sich an Sue.

Ich musste jemand anderen suchen.

Ich tat es nicht, weil es mir falsch vorkam.

Sue hatte unsere Gitarre als Pfand angenommen. Sie hatte mit uns den Preis getauscht. Wäre sie richtig fies, hätte sie ihn behalten. Oder uns gar nicht erst an der Dart-Dorfmeisterschaft teilnehmen lassen. Gut, es war eine Menge nicht in Ordnung zwischen ihr und uns. Vor allem zwischen ihr und Onkel Mike. Aber Indianer hatten zwei Möglichkeiten: Sie konnten den Kriegspfad beschreiten oder das Kriegsbeil begraben und die Friedenspfeife rauchen. Ich war definitiv für die Friedenspfeife.

Diesmal öffnete Sue die Tür.

»Ich möchte das Kriegsbeil begraben«, sagte ich.

Sie lachte. »Wo? In unserem Garten? Brauchst du frisches Gemüse?«

»Nein, eine Technikerin für unser Musikstudio.«

»Vergiss es.« Ihre Augen, in denen es eben noch gefunkelt hatte, waren plötzlich traurig. »Du gehst jetzt besser.«

Ich nickte. Es war ein Fehler gewesen, Sue zu fragen. Jedes Mal, wenn ich sie traf, machte ich sie traurig. Das wollte ich nicht.

»Es liegt nicht an dir«, rief sie mir heiser nach. »Du bist nicht schuld.«

Genauso fühlte es sich aber an. Auch wenn mir sämtliche Leute immer wieder sagten, ich sei nicht schuld.

»Sieht nicht aus, als ob du Erfolg gehabt hättest«, empfing mich Onkel Mike.

Ich erzählte ihm, was passiert war.

»Kriegsbeil begraben ist eine gute Idee«, stimmte er mir zu. Und dann schlug er vor, auf einen Berg zu klettern. Erstens, weil mich das ablenken würde. Zweitens, weil er noch etwas Inspiration für seinen Song tanken wollte. Und drittens, um Sue etwas Zeit zu geben.

»Das ist bei Frauen so«, erklärte er. »Die brauchen für manche Dinge länger als wir Männer. Sie wird das Kriegsbeil schon noch begraben.«

Onkel Mike, der Frauenversteher! Wenn er sich da nur nicht irrte! Sues Antwort hatte ziemlich endgültig geklungen. Da ging es um mehr als ein Kriegsbeil, das begraben werden musste. Aber auf einen Berg klettern klang gut. Sehr gut.

Es war auch gut! Wir wanderten in die Höhe bis zum See von der Postkarte. Den Gipfel, auf den wir kraxelten, sieht man darauf leider nicht, weil er links vom See liegt. Die Aussicht war Hammer. Noch besser als auf der Karte. Wir redeten die ganze Zeit über Musik. Über das, was mir gefiel. Und warum es mir gefiel. Über das, was Onkel Mike gefiel. Singen, fand er, wäre auch cool. Nicht immer nur Rappen. Ich fürchtete schon, er käme jetzt wieder mit diesem Kitsch-Misch, den *Mad Kamikaze MaXXX* machte. Doch das wollte er nicht. Rau müsse es sein. Hart. Voller Kraft. Eine Wucht. Wie die Natur um uns herum. Wie dieser Berg.

»Wie du«, fasste ich zusammen.

»Genau«. Er grinste. »Wie ich.«

Auf dem Gipfel jodelten wir beide, was das Zeug hielt. Beim Abstieg suchten wir Wörter, die in den neuen Song passen würden.

Rock. Wild. Freedom. Power. Feel. Real.

»Ich möchte auch etwas übers Fallen und Wiederaufstehen drin haben«, sagte Onkel Mike.

Ich verstand, was er meinte. Von einer toten Geranie zu einer lebenden zu werden. Auch dazu fielen uns ein paar richtig tolle Wörter ein.

Fight. Stand up. Do what I want. Back. My way. Reborn.

Eine Weile grübelten wir darüber nach, ob wir den roten Schuh, die Geranien, den feindlichen Stamm, Busfahrer Fritz Frankenstein und Bart-Sepp in den Song nehmen sollten. Wir kübelten die Ideen, weil sie einfach zu verrückt waren, vor allem das mit den Geranien. Kein Mensch, aber wirklich keiner, außer vielleicht meiner Oma, würde verstehen, was Onkel Mike damit ausdrücken wollte.

Bei unserer Rückkehr waren wir verschwitzt und stanken vor uns hin. Statt zu duschen, sprangen wir vom Wasserfall. Bevor ich abhob, sah ich nach oben. Da waren keine Indianerinnen. Ich fand das total schade.

Zum Abendessen gab es Spätzle mit Wildkräuter-Sauce aus dem Warenkorb. Wir philosophierten über das Leben. Manchmal schwiegen wir. Aber nicht sehr oft und nicht sehr lange. Irgendwann endeten wir bei den Frauen. Um genau zu sein: bei Sue.

»Ich verstehe nicht, warum, aber ich mag sie«, sagte Onkel Mike.

Mir fielen eine Menge Gründe ein, Sue zu mögen.

»Sie ist überhaupt nicht mein Typ.«

Das war keine Frage gewesen. Trotzdem sah Onkel Mike aus wie ein Mensch gewordenes Fragezeichen. Ich versuchte, nicht mit den Augen zu rollen.

»*Was?*«, fragte er gereizt.

»Weißt du«, begann ich. »Wenn einem Kerl alle Frauen weglaufen und er nicht einmal hinter ihnen herläuft, auch wenn er ihren Schuh hat, dann stimmt was nicht. Vielleicht steht er schlicht auf den falschen Typ Frau.«

Onkel Mike rieb sich am Kinn und nickte langsam.

Ich setzte noch einen drauf. »Vermisst du Greta?«

»Ähm … ähm … nein.« Es war ein völlig erstauntes Nein.

»Und die anderen vor Greta?«

»Nein.«

»Warum haut es dich dann um, wenn sie abhauen?« Ich war ungefähr so erstaunt wie er.

»Keine Ahnung.«

Es dauerte geschätzte zweihunderteinunddreißig Sekunden, bis Onkel Mike der Sache auf den Grund kam. »Ich glaube, mich hat es wegen der Musik umgehauen. Die Frauen waren nur Ablenkung.« Er nickte. Diesmal schneller und entschiedener. »Logo, es war die Musik! Ich hatte echt keinen Plan, wohin ich wollte.«

Zum Glück hatten wir dieses Problem auf dem Berg gelöst.

Onkel Mike schob den Stuhl zurück. »Zeit, schlafen zu gehen. Wir müssen morgen früh raus.« Er streckte seinen Rücken durch. »Mann, ich könnte Bäume ausreißen.«

Na ja, wenn er schnarchte wie in den Nächten zuvor, würde er zumindest in seinen Träumen ein paar zersägen.

Voll was drauf

Früh war früher, als ich gedacht hatte. Draußen kesselte es los. Kein Wecker dieser Erde würde einen derart höllischen Krach machen. Außer man war ein früher Vogel, ein Idiot oder ein Masochist und stellte ihn so ein. Ich schnellte hoch und sprang aus dem Bett. In einer einzigen blitzschnellen Bewegung. Anziehen dauerte ein bisschen länger. Dann raste ich nach unten, zur Tür hinaus.

»Onkel Mike!«, schrie ich. »Was soll der Sch…«

Weiter kam ich nicht. Denn am Schlagzeug, das mitten in der Wiese stand, saß nicht Onkel Mike, sondern Paula. *Die Höllenlärm-Paula*, sagte Busfahrer Fritz Frankenstein in meinem Kopf. Er hatte damit also doch diese Paula gemeint!

Als sie mich sah, hörte sie augenblicklich auf zu kesseln. Eigentlich schade, fand ich. Sie hob den rechten Drumstick und zeigte zum Haus. »Sue flickt euer Studio. Das Schlagzeug musste raus. Und da dachte ich … War vielleicht keine so gute Idee.«

»Doch, war es!«, widersprach ich ihr. »Du hast voll was drauf.«

Sie grinste. Beinahe wie Onkel Mike. Ein bisschen schräg. »Echt?«

Ich nickte.

»Was soll der …«, brüllte es hinter meinem Rücken.

Paula schaffte es gerade noch, nicht laut herauszuprusten. Ich drehte mich um. Vor mir stand Onkel Mike. In einem gelben

T-Shirt mit einem roten Anarchie-Zeichen und knallgrünen Boxershorts. »Hast voll was drauf«, meinte er anerkennend.

»Das hat Leon schon gesagt.«

»Hat er?« Onkel Mike kratzte sich am Kopf. »»Was tust du hier?«

»Sue repariert dein Studio«, klärte ich ihn auf.

»Ich dachte, sie hat keinen Bo… ähm …«

»Sie hat es sich anders überlegt.« Paula richtete ihren Drumstick auf Onkel Mike. »Du kannst ja nichts dafür.«

»Wofür?«, wollte er wissen.

»Das soll sie dir selber sagen«, antwortete Paula.

»Okay.« Es klang neugierig. »Ich geh mal nachschauen.«

Ich räusperte mich und deutete unauffällig auf seine Shorts. Zu spät!

»Wie ich sehe, seid ihr wach.«

Schon wieder kam die Stimme von hinten. Also drehte ich mich wieder um. Sues Haare waren staubig und zwischen ihnen hingen dünne Fäden. Wenn ich mich nicht irrte, waren das Spinnweben. »Du … Du hast da was in deiner Frisur«, sagte ich.

Sie fuhr mit den Fingern durch das Nest auf ihrem Kopf und lachte. Ich war beeindruckt. Nicht nur, weil sie sich nicht vor Spinnen zu gruseln schien. Sie hatte auch keine Angst davor, sich schmutzig zu machen. Ihre Jeans waren verdreckt und am Knie aufgerissen.

»Bekommst du es hin?«, fragte ich.

»Was? Das Kabelchaos? Die verstaubten Verstärker? Die kriminellen Steckdosen? Den uralten Sicherungskasten? Das –«

»Alles«, fiel ich ihr ins Wort, weil ich fürchtete, die Aufzählung würde sonst länger als der Bart vom Bart-Sepp.

»Ich denke schon. Wenn dein Onkel nicht völlig talentfrei ist, sowieso.«

Sie redete über Onkel Mike, als stünde er nicht direkt vor ihr. In einem Outfit, in dem er unmöglich zu übersehen war! Nachdem sie mit mir geredet hatte, redete sie mit Paula: »Hast du Lust, Leon die Höhle zu zeigen?«

Höhle? Hier gab es eine Höhle? Wie toll war das denn! Auf jeden Fall toller als Kabelsalate entflechten und sich an kaputten Steckdosen einen tödlichen Stromstoß zu holen. Die Sache zwischen Onkel Mike und Sue war eine Erwachsenensache. Da musste er alleine durch.

»Und jetzt zu dir«, hörte ich Sue zu ihm sagen, als ich mit Paula über die Wiese davonschlenderte. Wir schauten uns an und begannen zu rennen. Was uns betraf, hatten wir das Kriegsbeil begraben. Bei Sue und Onkel Mike konnte es etwas komplizierter werden. Ich glaube, Paula war so wenig wie ich in der Stimmung, irgendwas davon mitzubekommen.

Im Wald war es kühl und still. Und auch ein bisschen unheimlich, weil Paula nicht den Pfaden folgte. Wir zwängten uns durchs Dickicht, sprangen über kleine Wasserrinnsale, kletterten über Felsbrocken und tasteten uns über bemooste Steine. Bis wir vor einem Riss im Fels standen.

»Komm!«, sagte Paula.

Ich hielt die Luft an und quetschte mich hinter ihr durch die Öffnung. Hinein in die coolste Höhle überhaupt. Sie war anders als die Höhlen, die ich in den Ferien mit meinen Eltern besichtigt hatte. Es gab keine künstlich angelegten Wege und Stege, keine Scheinwerfer, keine Tropfsteine, keine kleinen Seen. Trotzdem oder vielleicht gerade deswegen war die Höhle wunderschön. Durch ein Loch weit oben fiel die Sonne herein. In den Strahlen leuchteten kleine Wassertropfen wie glitzernde Sterne. Das nasse Gestein glänzte.

»Das –«, begann ich.

»Pssst!« Paula legte ihren Finger auf den Mund.

Ich schwieg. Die Tropfen machten Musik. Ganz leise und doch klar. Sie fielen auf Steine, auf weichen Grund, auf uns. Jedes Mal war das Geräusch ein anderes. Paula schnalzte mit der Zunge. Das Echo schnalzte zurück. Ich schnippte mit dem Finger. Das Echo schnippte auch. Paula klatschte in die Hände. Das Echo applaudierte mit ihr zusammen. Nun war ich wieder dran. Dann sie. Wir ließen uns jede Menge Geräusche einfallen und wurden immer lauter. Das Echo auch. Bis wir lachen mussten.

»Das war schön«, sagte Paula auf dem Weg zurück durch den Wald.

Das fand ich auch.

Weil uns ein wenig kalt war, legten wir uns ins Gras und ließen uns von der Sonne wärmen. Paula zeigte mir, wie man einem Grashalm Geräusche entlockt, die dem Trompeten eines Elefanten in Totalpanik gleichen. Ich erzählte ihr, wie sich Onkel Mike ein Bündel Gras in den Mund gesteckt hatte. Und vor allem, warum.

»Darum hat er das Gemüse aus unserem Garten geklaut.« Sie kitzelte mich mit dem Grashalm. »Und darum wart ihr so scharf auf den Warenkorb.«

»Ja. Und warum wolltet ihr den Reisegutschein?«

»Wir möchten Ferien machen.«

»Wo?«

»In Venedig«, kam es wie aus der Pistole geschossen. »Dort sind die Straßen Flüsse und statt Taxis fahren Gondeln. Die Gondoliere tragen gestreifte T-Shirts. Es gibt unendlich viele Brücken, Treppen und Gassen. Und uralte Gebäude. Paläste. Weißt du ...«

Paula erzählte so bunt, dass ich alles vor mir sehen konnte. Ich konnte das Wasser riechen, hörte die Tauben auf dem Markusplatz gurren, fühlte das cremige Eis kühl auf meiner Zunge. Es war beinahe so, als wären wir bereits dort.

»Und jetzt möchte ich vom Wasserfall springen«, holte mich Paula aus meinem italienischen Traum zurück auf die Sommerwiese.

»Klar«, sagte ich.

Wir sprangen nicht nur einmal, wir sprangen mindestens zehnmal. Bis unsere Körper vor Kälte schlotterten, unsere Lippen blau waren und unsere Zähne klapperten.

»Das war wie Fliegen«, meinte Paula, als wir wieder im warmen Gras lagen. Ihre Zähne schlugen beim Reden so heftig aufeinander wie ihre Drumsticks auf das Schlagzeug. Vom Haus drangen völlig abgefahrene Gitarrenklänge zu uns rüber.

»Onkel Mike macht wieder Musik«, sagte ich.

»Klingt eher nach Sue.«

»Sue spielt Gitarre?«

Paula nickte.

»Sie ist gut.«

»Ja.«

»Sie sollte in einer Band spielen.«

»Hat sie.« Es hörte sich an wie *Frag-bitte-nicht-weiter.*

»Hast du gewusst, dass das Haus dem Sänger der *Flying Batmen* gehört?«, wechselte ich das Thema.

Paula presste ihre Lippen aufeinander. Erst dachte ich, sie mache das, damit das Klappern aufhörte. Dann sah ich das Schimmern in ihren Augen. Was man sagt, wenn ein Mädchen weint, war noch nicht auf meiner inneren Festplatte gespeichert. Zum Glück heulte Paula nicht los, sondern begann zu reden.

»In dem Zimmer, in dem du schläfst, ist eine Wand hellblau angemalt. Mit weißen Wolken. Die Dachbalken sind so alt, dass sie durchhängen, und wenn der Wind bläst, ächzen und stöhnen sie. Die Tür hat einen kleinen Riss und in der Ecke beim Fenster knarren die Dielen ganz besonders laut.«

Mir fiel nur ein Grund ein, warum Paula wusste, wie das Zimmer aussah, in dem ich schlief. Es war irgendwann einmal ihres gewesen! Vielleicht hatte sie mit Sue vor Onkel Mike zur Miete darin gewohnt.

»Hast du all die tollen Dinge gesammelt?«, fragte ich.

»Sie sind noch dort?« Ihre Stimme kippte.

Ich nickte. »Wieso wohnst du da nicht mehr?«

»Weil das Haus meinem Vater gehört.«

Ihrem Vater? Das Haus gehörte doch …

Oh Mann!

»Timo von den *Flying Batmen* ist dein Vater?«

Paula setzte sich auf, zog die Beine an den Körper und schlang ihre Arme um die Knie.

»Ja.«

Das erklärte mehr oder weniger alles. Vor allem das mit dem Song aus der Jukebox. »Es tut mir leid«, entschuldigte ich mich. Und diesmal wusste ich genau, wofür. »Meine Eltern sind auch geschieden.«

»Meine waren nicht einmal verheiratet.«

Das machte mich neugierig. »Weil dein Vater nicht wollte? Oder war es Sue?«

»Beide. Sie fanden, dass Heiraten was für Spießer ist.«

»Na ja, das ist doch praktisch«, sagte ich. »Dann muss man sich auch nicht scheiden lassen.«

»Ich finde das ziemlich scheiße«, antwortete Paula. »Weil man einfach gehen kann, wenn man nicht mehr will.«

»Timo ist gegangen?«

Sie nickte.

»Warum seid ihr nicht im Haus geblieben?«

»Sue wollte nicht. Es machte sie traurig.«

Ich musste nicht fragen, ob es Paula auch traurig gemacht hatte. Ich konnte es in ihrer Stimme hören.

»Siehst du ihn noch ab und zu?«

»Wen? Timo? Schon eine Weile nicht mehr.«

»Wie lange nicht?«

»Seit dem 4. August 2010.«

In meinem Kopf begann sich etwas zu drehen. Ein verblichenes Plakat wirbelte durch meine Erinnerung.

»Deshalb haben sie hier gespielt. Weil Timo aus Hinter-Oberdorf kommt.«

»Und Sue«, ergänzte Paula.

»Sie war auch in der Band?«

»Am Anfang. Bevor die *Flying Batmen* berühmt wurden.«

Das hatte ich nicht gewusst. Und auch nichts darüber gelesen. So sah also das Pimpen von Musikerbiografien aus. Man ließ einfach weg, was nicht in den Kram passte. Selbst eine Frau und ein Kind. Plötzlich fand ich Timo überhaupt nicht mehr cool.

»Warum ist Sue ausgestiegen?«, fragte ich.

»Meinetwegen.«

Paulas Kinn zitterte. Sie drückte es gegen ihr Knie. Keiner von uns sagte was. Wir schwiegen gemeinsam. Ich hatte gedacht, nur Kerle tun das. Vielleicht lag es daran, dass auch Paula eine Art Indianerin war, wie Onkel Mike und ich. Oder daran, dass das Herz von Menschen so voll sein kann, dass es fürs Reden einfach zu voll ist. Dann blockiert alles. Bei Paula war es lange blockiert. Gerade als ich ihr sagen wollte, dass sie nicht schuld war, purzelten die Wörter aus ihrem Mund wie etwas, das im Dunkeln eingesperrt gewesen war und nun rausmusste.

»Sie haben sich gestritten. Beide wollten das Beste. Leider war das Beste für Timo etwas ganz anderes als für Sue. Mich haben sie nicht gefragt.«

»Das kenne ich«, sagte ich.

»Echt?«

»Echt.«

»Dafür fragt Sue mich jetzt ständig. Weißt du, was wirklich schlimm daran ist?«

»Dass du lügen musst?«

Paula schaute mich erstaunt an. »Ja. Genau. Ich lüge. Damit Sue sich nicht schlecht fühlt.«

Mann, wie gut ich das kannte! Ich tat dasselbe für Mama. Nein, korrigierte ich mich. Ich hatte dasselbe für Mama *getan*. Ich musste es nicht mehr tun.

»Du solltest mit Sue darüber sprechen.«

»Meinst du?«, fragte Paula unsicher.

»Ja. Was möchtest du denn?«

»Timo wiedersehen. Aber Sue glaubt, dass ein paar Mal im Jahr nicht reichen. Dann lieber überhaupt nicht, meint sie.«

»Und du?«

»Er ist ja fast immer unterwegs. Mehr als ein paar Mal im Jahr geht gar nicht.«

»Sicher vermisst er dich ganz doll«, versuchte ich sie aufzumuntern.

»So doll, dass er mich seit Jahren nicht besucht hat?«

Das saß. Wenn Paps mich jahrelang nicht besuchen würde, wäre ich auch total fertig. »Scheiße«, sagte ich.

»Ja.« Diesmal zitterte Paulas Kinn nicht. Sie schob es trotzig nach vorn. »Scheiße. Auch weil Sue das nicht packt. Weißt du, sie versucht, sich nichts anmerken zu lassen. Sie redet nur gut über Timo.«

In mir grummelte es, obwohl ich keinen Hunger hatte. Ich war wütend. So wütend, dass ich mir vornahm, sämtliche Alben der *Flying Batmen* zu vernichten, sobald ich wieder zu Hause war. Nur, das würde niemandem etwas bringen. Ich brauchte eine andere Idee. Sie war auch schon in meinem Kopf, aber ich verriet sie Paula nicht.

Beim Haus drüben war es ruhig geworden. »Ich glaube, die machen Pause«, sagte ich. »Lass uns zurückgehen.«

Onkel Mike und Sue saßen am Tisch vor dem Haus. Sie sahen ziemlich müde aus. Und zufrieden. Wie zwei, die das Kriegsbeil begraben hatten. Vor ihnen stand der Warenkorb. Sie hatten nichts davon angetastet, weil sie auf uns warten wollten. Wir aßen, tranken, redeten, lachten und irgendwann sangen wir sogar.

»Ich bezahl dir deine Arbeit, sobald Edgar das Geld überwiesen hat«, versprach Onkel Mike Sue beim Abschied.

»Geschenkt.« Sie schaute ihn ernst an. »Wir haben heute einen Geist vertrieben.«

»Weißt du, was sie damit gemeint hat?«, fragte Onkel Mike, als Sue und Paula außer Hörweite waren.

Ich nickte. In meinem Herz war es ganz eng, denn es gab Geister, die man nicht vertreiben sollte. Weil man sie noch brauchte. Egal, wie vernünftig man war.

»Sie hat voll was drauf.« Onkel Mikes Stimme war ganz weich, als er das sagte.

Hatte sie. Nur mit den Geistern irrte sie sich. Ich brauchte Onkel Mikes Hilfe.

»Du musst jemanden anrufen«, bat ich ihn.

»Hoppla«, meinte er. »Das klingt ernst. Dann lass mal hören.«

Eine ziemlich verrückte Beerdigung

Onkel Mike telefonierte. Weil er dabei eine Menge Wörter benutzte, die nicht für meine Ohren bestimmt waren, zog er sich in sein Zimmer zurück. Mein Versuch, an der Tür zu horchen, scheiterte an der knarrenden Treppe. Onkel Mike riss die Tür auf und befahl mir, mich zu verziehen. Mit dem gleichen Gesichtsausdruck, den Mama draufhat, wenn sie mir etwas verbietet.

»Du hast mich gebeten, das zu erledigen. Dann lass mich das jetzt auch tun. Allein.«

Ich gab mich geschlagen und verzog mich nach draußen. Dort schaute ich in den klarsten und schönsten Sommerhimmel, den ich je gesehen hatte, und hoffte, dass Onkel Mike es hinbekam. Er musste es einfach hinbekommen.

Als er endlich fertig telefoniert hatte, sah er nicht wirklich aus wie jemand, auf den es gerade Glückssternchen regnete. Er setzte sich neben mich ins Gras und legte mir seinen Arm um die Schulter.

»Denkst du, es wird alles gut?«, fragte ich.

»Ist eine verflixt verkachelte Geschichte«, meinte er. »So was dauert.«

»Und jetzt?«

Er drückte mich. Nur schnell. Weil sentimentaler Kram nichts für echte Kerle ist. Oder sagen wir mal: höchstens in kleinen Portionen.

»Jetzt kaufen wir mit dem Geld von Edgar alles, worauf wir Lust haben«, versuchte er mich aufzumuntern. »Wir mischen uns unter die verrückten Irren im Dorf, schreiben Songs und machen uns eine richtig gute Zeit.«

Das hatte ich eigentlich nicht gemeint mit meiner Frage. Ich guckte in die Luft und schwieg. Onkel Mikes Gesicht schob sich zwischen mich und den Himmel. Schräg und verzogen wie auf einem schlechten Selfie. »Keine Begeisterung?« Seine Augen waren so nah, dass er schielte. »Ich finde, das klingt nach dem besten Sommer unseres Lebens.«

Tat es. Nur nicht in diesem Augenblick. Weil ich an Paula denken musste. Onkel Mike zog den Kopf zurück und hörte auf zu reden. All das Schöne um uns herum war plötzlich irgendwie traurig. Mama hätte bestimmt ein Wort dafür gefunden. Ich nicht. Es war schön und traurig zugleich. Traurig schön. Ich hatte gar nicht gewusst, dass so was geht. Oder vielleicht doch. Manchmal scheint die Sonne und gleichzeitig regnet es. Genauso war es mit dem Schönen und dem Traurigen.

»Frauen sind eigentlich gar nicht so übel«, murmelte Onkel Mike.

»Finde ich auch«, antwortete ich.

»Wir könnten ja Sue und Paula fragen, ob sie Lust hätten, etwas mit uns zu unternehmen. Nicht immer. Einfach ab und an.«

»Könnten wir«, stimmte ich Onkel Mike zu. »Aber dann sind wir keine Hardcore-Singles mehr, das weißt du schon?«

»Wäre das schlimm?«

Nicht, wenn es bei Paula und Sue blieb. Das fand ich sogar schwer in Ordnung. Für den Fall, dass Onkel Mike auf seltsame Ideen kommen würde, stellte ich ihm eine Bedingung. »Keine anderen Frauen. Keine Greta, keine Liv oder Chantal oder wie die alle hießen.«

»Abgemacht.«

Onkel Mike stand auf und ging ins Haus. Kurze Zeit später kam er zurück, in der rechten Hand Gretas roten Schuh. »Den beerdigen wir jetzt«, erklärte er feierlich.

»Wen?«, fragte ich entgeistert. »Den Schuh?«

»Was dagegen?«

»Im Ernst?«

»Nein, im Fritz.« Er grinste. »Natürlich im Ernst. Also. Was dagegen?«

Ich schüttelte den Kopf. Von mir aus konnte Onkel Mike mit dem Schuh machen, was er wollte, solange er nicht die Frau dazu anschleppte.

»Gib's zu!« Er fuchtelte mit dem Schuh vor meinem Gesicht herum. »Du denkst, ich hätte einen Knall.«

»Na ja, ein wenig verrückt ist das schon.«

»Ich glaube, das ist sogar ziemlich verrückt. Aber mein Gefühl sagt mir, dass es genau das ist, was ich tun muss.« Onkel Mike legte den Schuh ins Gras und holte eine Schaufel aus der Scheune. »Wir brauchen einen guten Platz für ihn.«

Ich hatte noch nie einen Schuh beerdigt und deshalb keine Ahnung, was ein guter Platz für einen toten Schuh ist. Mir wurde bewusst, dass ich von einer ganzen Menge Dinge keine Ahnung hatte.

»Sag mal«, begann ich. »Wenn es tote Schuhe gibt, gibt es dann auch solche, die leben?«

Onkel Mike schaute mich misstrauisch an. »Warst du heimlich an meinem Biervorrat, während ich telefoniert habe?«

»Nein. Wieso?«

»Weil das eine etwas seltsame Frage ist.«

Ach ja! Und einen Schuh zu beerdigen, war nicht seltsam, oder was? Ich sagte nichts mehr. Schweigend schaute ich zu, wie Onkel Mike in verschiedene Richtungen ging, stehen blieb, wieder umkehrte und die Suche von vorne anfing.

»Hier!«, rief er nach einer Ewigkeit von einer kleinen Anhöhe. »Bring den Schuh und die Schaufel mit!«

Ungefähr eine Viertelstunde später begutachtete er fachmännisch das Loch, das er ausgebuddelt hatte. »Das reicht. Du kannst den Schuh reinlegen.«

Ich holte aus.

»Nicht werfen!«, stoppte mich Onkel Mike. »Etwas Ehrfurcht und Respekt, bitte. Das ist eine Beerdigung.«

Es hörte sich nicht nach einem Witz an. Also riss ich mich zusammen, ging auf die Knie und legte den Schuh mit ernster Miene in die Mitte des Lochs. Dabei dankte ich dem Großen Manitu dafür, dass keiner meiner Klassenkameraden hier war und mich sehen konnte.

»Und nun die Predigt«, sagte Onkel Mike, nachdem ich aufgestanden war.

»Die Predigt.« Leise seufzend schickte ich einen weiteren Dank an Manitu. Dafür, dass Edgar das auch nicht sehen konnte.

»Wehe, du lachst!«

Ich gab mir Mühe. Und ich schwöre, dass ich höchstens dreimal gelacht habe. Na ja, vielleicht viermal. Onkel Mike entschuldigte sich bei sämtlichen Verflossenen, was ziemlich lange dauerte. Dabei sagte er nette Dinge über sie. Aber auch, dass er bei ihnen nicht gefunden hatte, was er suchte. Was nicht ihr Fehler gewesen sei, sondern seiner. Und dass er jetzt wisse, was er suche. Ich verriet ihm nicht, dass er es mehr oder weniger direkt vor der Nase hatte. Das musste er selber herausfinden.

Am nächsten Morgen weckten mich wilde Gitarrenriffs. Die tiefen Töne kribbelten angenehm in meinem Magen. Schuhbeerdigungen schienen Onkel Mikes Kreativität zu beflügeln.

Neugierig stand ich auf und ging ins Studio. Der Staub war weg, der Kabelsalat auch. Der Sound klang perfekt.

Onkel Mike saß auf einem großen Verstärker, die Gitarre auf den Knien, neben sich einen vollgekritzelten Schreibblock, den Stift zwischen die Lippen geklemmt. Seine Finger schrammten über die Saiten. Ab und zu stoppte er, griff nach dem Stift und schrieb ein paar Worte zu den vielen, die er schon hatte. Ich schlich mich so unbemerkt davon, wie ich gekommen war. Die Ideen hatten Onkel Mike gefunden. Oder er sie. Er brauchte mich nicht.

Zum Frühstück aß ich die letzten Reste aus dem Warenkorb. Kekse, die aussahen, als würden sie sich in Sandkörner auflösen und einem sämtliche Atemwege blockieren, wenn man in sie reinbiss. Taten sie aber nicht. Sie waren sogar total lecker. So lecker, dass ich die ganze Tüte vernichtete. Mit vollem Magen und leerem Korb machte ich mich auf ins Dorf. Vielleicht konnte ich mit der geschwätzigen Verkäuferin einen Deal aushandeln. Schließlich lag Onkel Mikes Geld auf seinem Konto. Er musste es nur noch abheben.

»Ja, schau an, wer da ist!«, empfing mich die Frau. »Der Leon.«

»Guten Morgen«, begrüßte ich sie und kam direkt zur Sache. »Ist es hier möglich, auf Pump zu kaufen?«

»Du meinst, ob du bei uns anschreiben lassen kannst?«

»Wenn das bedeutet, dass ich meine Einkäufe heute mitnehmen kann und erst morgen zahlen muss? Ja.«

Die Verkäuferin lachte. »Was sollte es denn sonst bedeuten?«

»Keine Ahnung«, murmelte ich verlegen.

»Hast du das Haus von Paula und Sue gefunden?«

Das wusste sie doch bestimmt schon längst! Ich überlegte mir eine Antwort, bei der ich nicht schon wieder rüberkam wie ein Dummdödel.

»Wenn man von ihnen spricht«, kam mir die Frau zuvor.

»Hallo Leon«, begrüßte mich Sue.

Paula hob locker die Hand. »Hat dich Ursula schon zugetextet?«

»Hat sie«, antwortete die Verkäuferin.

Ich begriff mal wieder gar nichts. Erst als die drei Frauen loskicherten, wurde mir klar, dass die Verkäuferin Ursula hieß. Und dass sie einen gar nicht so üblen Humor hatte.

»Ursula.« Sie hielt mir die Hand hin. »Bei uns hier sagt man Du zueinander.«

Ich schlug ein und hoffte, dass Frauen auf dem Land nicht so heftig Hände quetschten und schüttelten wie Männer.

»Leon«, stellte ich mich völlig überflüssigerweise vor.

Zu meiner Erleichterung quetschte und schüttelte Ursula im schmerzfreien Bereich. »Was darf es denn sein?«, fragte sie.

Ich schaute Paula an.

»Ursula meint, was du kaufen möchtest«, übersetzte sie für mich.

»Was zu essen. Und was zu trinken. Kann ich mir das selber holen oder bestellt man sich das bei dir an der Kasse?«

Die Frauen lachten schon wieder. Ich nahm an, über mich.

»Ist genau wie bei euch in der Stadt«, klärte mich Ursula auf. »Außer das mit dem Anschreiben.«

Ich sah, wie Sue fragend eine Augenbraue in die Höhe zog.

»Du legst das, was du brauchst, in den Korb«, redete Ursula weiter, als hätte sie die Augenbraue nicht gesehen. »Wenn du deine Einkäufe beisammen hast, kommst du damit zur Kasse, ich tippe sie ein, schreibe den Betrag für dich an und du nimmst sie mit.«

Mein Kopf wurde mit jedem Wort etwas heißer. Bestimmt dachte Paula, ich sei intelligenzmäßig in einem Paralleluniversum für Einzeller unterwegs. Peinlicher konnte es gar nicht mehr werden.

»Ich helfe dir«, bot Paula an.

»Das ist …«

… nicht nötig, hatte ich sagen wollen, aber Sue schüttelte den Kopf. Also verdrückte ich mich schweigend zwischen die Regale und füllte den Korb mit leckeren Köstlichkeiten. Ohne schlechtes Gewissen. Onkel Mike war ja reich. Dank mir. Ich fand, das gab mir das Recht, ein wenig dick aufzutragen.

In einem Tempo, für das jede Supermarktkassiererin in der Zivilisation gefeuert würde, tippte Ursula meine Einkäufe in die Kasse. Es gab keinen einzigen Artikel, den sie nicht kommentierte. Am Ende meinte sie: »Das macht 73.25. Schön, dass in eurem Männerhaushalt endlich was Ordentliches auf den Tisch kommt.« Sie drehte sich nach Sue um, die sich mit einem nicht halb so prall gefüllten Korb der Kasse näherte. »Ich hoffe, die beiden können auch kochen.«

»Können sie. Die beiden«, antwortete ich. Na ja, wenn nicht gerade ein Überraschungsbesuch an der Tür klopfte und das Essen deswegen verbrannte.

Paula wartete vor dem Laden. »Ich komm noch ein Stück mit«, sagte sie.

»Warum?«, rutschte es mir raus.

Zum Glück fand Paula diese Frage nicht so unpassend, wie Mama sie gefunden hätte. »Weil wir beide hier die einzigen Leute unter dreißig sind.«

»Echt wahr?«

»Echt wahr.«

»Wie viele Leute leben denn hier?«

»Siebenundvierzig«, antwortete Paula. »Dich und deinen verrückten Onkel nicht mitgezählt.«

Das waren nicht gerade viele. Ungefähr so viele waren schätzungsweise im *Frohsinn* gewesen. Also alle. Beinahe alle. »Warum war Ursula nicht beim Dartturnier?«, fragte ich.

»Sie und ihre Schwester müssen auf ihre kranke Mutter aufpassen.« Paula guckte ein bisschen traurig. Diesmal wenigstens nicht meinetwegen. »Sie wechseln sich ab. Beim Turnier war Mathilda dabei, ihre Schwester. Ursula ist nächstes Mal dran.«

Krankheiten sind was Übles. Ich wollte nicht schon wieder über etwas Trauriges reden. »Dann bist du das einzige Kind in Hinter-Oberdorf?«, fragte ich.

»Ja. Ist aber nicht so schlimm. Ein Dorf weiter vorn wohnt Lisa.«

Ich hörte nur mit halbem Ohr hin. Das einzige Kind im Dorf. Moment mal. Das bedeutete …

»Hier gibt es keine Schule!«, rief ich.

»Es gab mal eine. Dort wohnen jetzt Torge und Pernilla aus Schweden.«

Was interessierten mich Torge und Pernilla? In Hinter-Oberdorf gab es keine Schule! Ich musste meine Eltern dazu bringen, sofort hierher zu ziehen.

»Ich besuche die Schule im Tal unten.« Mit diesem einen einzigen Satz zerstörte Paula brutal meine Träume eines Lebens mit 365 Ferientagen pro Jahr.

»Wie kommst du denn da hin?«

»Mit Fritz und dem Bus.«

Okay. Das waren nicht 365 Ferientage. Aber immer noch voll gut. Ich meine, wer wird schon von Frankenstein zur Schule gefahren?

»Soll ich dir die Grottenschlucht zeigen?«

»Was?«

Paula schaute mich komisch an. Einen Moment lang hatte ich Angst, sie würde gleich den Zeigefinger heben und diesen dämlichen Psycho-Test machen. Dabei war mit mir alles in Ordnung. Mein Denkapparat hatte sich einfach nur an das langsame Dorfleben gewöhnt und kam mit den ultraschnellen Gedankensprüngen von Paula nicht mit.

»Die *Grottenschlucht*«, wiederholte sie. »Soll ich sie dir zeigen?«

»Die Grottenschlucht? Ist das Frankensteins Zuhause?«

»Wie kommst du denn jetzt auf Frankenstein?«

»Nicht wichtig.« Ich griff nach dem Korb. »Warte! Muss nur schnell unser Essen abliefern.«

Ich flitzte los. Wahrscheinlich hörte ich deshalb nicht so genau, was Paula mir hinterherrief.

Keine Panik!

Erst als ich meinen Fuß auf die Hängebrücke setzte, die vor mir über einem gemeingefährlichen Abgrund baumelte, hallte das Wort durch meinen Kopf. *Gefährlich!* Das hatte Paula gerufen! Ich hätte besser hinhören sollen. Nachfragen, was sie damit meinte. Eine, die ohne zu zögern einen Wasserfall runterspringt und geheimnisvolle Höhlen kennt, hat auch sonst was drauf. Doch ich hatte nicht nachgefragt. Weshalb ich jetzt mit Knien aus Wackelpudding auf dieser Brücke stand und mich mit schweißnassen Händen an die Halteseile klammerte. Schritt für Schritt tastete ich mich vor. Schon nach kurzer Zeit begannen die Bretter unter meinen Füßen zu wanken. Ich presste die Lippen zusammen.

»Cool, nicht wahr?«, rief Paula hinter mir.

Ich nickte.

»Hast du Angst?«

Angst? Angst war bloß der Vorname! Die Grottenschlucht sah genauso aus, wie man sich eine Grottenschlucht vorstellt. Ein tiefer Einschnitt im Fels, weit unten schäumendes Wasser. Schwemmholz steckte in Spalten fest, hing zwischen Felsbrocken im Bach und ragte aus dem Wasser wie gebrochene, zersplitterte Knochen. Und darüber versuchte ich, nicht in Panik auszubrechen.

»Bist du sicher, dass die Brücke hält?« Meine Stimme hätte es mit jeder Krähe aufnehmen können, so heiser krächzte sie.

»Wäre sie noch hier, wenn sie nicht halten würde?«

Mal ehrlich. Es gibt bessere Argumente. Bloß weil sie bis jetzt gehalten hatte, bedeutete das nicht, dass sie auch dieses Mal halten würde. Je näher ich der Mitte kam, desto heftiger und gefährlicher schwankte die Brücke. In sämtliche vorstellbare Richtungen. Auf und ab bei jedem Schritt. Hin und her, immer mehr. Nein, nur weil sich das reimt, war es nicht lustig. Nicht die Bohne! Die Kekse in meinem Magen fühlten sich beim Verdauen gestört und spielten verrückt.

»Sue sagt, jeder Junge und jedes Mädchen gehen hier mindestens einmal drüber. Ist so eine Art Dorfmutprobe.«

Die Stimme war dicht hinter mir. Vorsichtig warf ich einen Blick über meine Schulter. Paula hatte die Brücke auch betreten. Das verdoppelte die Bewegungen.

»Ist ganz schön unheimlich«, meinte Paula.

»Hmmm.«

»Wie bist du eigentlich auf Frankenstein gekommen? Weil die Schlucht Grottenschlucht heißt?«

Ich schüttelte den Kopf. »Wegen Fritz.«

»Wegen Fritz?« Paula blieb stehen. »Dem Busfahrer Fritz?«

»Dem Busfahrer Fritz Frankenstein.«

Sie stutzte. Wahrscheinlich stellte sie sich gerade Fritz vor. Dann prustete sie los. Ihr Körper bebte. Nicht nur wegen der Brücke. »Fritz Frankenstein!«, rief sie und lachte. »Das passt!«

Es war irre. Und überhaupt nicht zum Lachen. Trotzdem konnte ich nicht anders. Ich gluckste und gackerte noch verrückter als Mama an dem Tag, an dem Onkel Mike uns besucht hatte.

»Er isst Kinder zum Frühstück«, quetschte ich zwischen einigen Glucksern heraus. »Das da unten sind ihre Knochen.«

Als hätte uns der echte Frankenstein persönlich gehört, machte die Brücke plötzlich einen heftigen Schlenker. Aus meinem überdrehten Lachen wurde augenblicklich ein Schluckauf.

»Willst du umkehren?«, fragte Paula.
»Dann haben wir die Mutprobe nicht bestanden«, antwortete ich etwas zittrig.
»Wäre doch schade, oder?«
»Ja.« Ich sagte es ganz schnell, bevor ich es mir anders überlegen konnte. »Und du?«
Sie legte den Kopf schief. »Was ist das denn für eine Frage?«
Also gingen wir zusammen weiter. Ich gewöhnte mich langsam an die Bewegungen der Brücke. Auf dem Weg zurück fand ich es schon beinahe cool. In der Mitte blieben wir noch einmal stehen.
»Jaaa!«, schrie ich.
»Einfach jaaa?«, fragte Paula. »Warum?«
»Weil ich hier bin. Weil es toll ist. Weil ich bleiben möchte. Weil –«
»Okay, okay, hab's kapiert«, unterbrach sie mich.
Wow! Ich meine, ich habe Mädchen nie wirklich verstanden. Aber Paula stand einfach da und sagte *kapiert.* Und ich glaubte ihr. Ich war sogar sicher, dass sie auch das mit der Freiheit und dem besten Sommer meines Lebens verstanden hatte, ohne dass ich es sagen musste.
»Jaaa!«, schrie ich noch einmal.
»Jaaa!«, schrie Paula mit.
»Du nennst Fritz wirklich Frankenstein?«, fragte sie, nachdem wir wieder festen Boden unter den Füßen hatten.
»Nur wenn er mich nicht hört.«
Sie grinste. »Ich werde nichts verraten.«
Ich hob die Faust. Sie presste ihre dagegen.
»Wir fahren nach Venedig«, sagte sie.
Das war ein typischer Paula-Gedankenhüpfer, aber ich konnte ihm folgen. »Wann?«
»Nächste Woche.«

Paulas Augen leuchteten. Das sage ich nicht einfach so. Oder weil ich es mal gelesen habe und finde, dass es gut klingt. Sie leuchteten wirklich. Von tief innen. Wie zwei warme, strahlende Lichter.

»Für wie lange?«

»Vier Tage. Sue hat freibekommen.«

»Großartig!«

Ich freute mich für Paula. Aber irgendwie war ich auch ein bisschen traurig. »Wer zuerst beim Baum da unten ist!«, sagte ich und rannte los.

Unsere Hände klatschten gleichzeitig gegen den Baum.

»Unentschieden«, keuchte Paula. »Kommst du zur Bushaltestelle, wenn wir abreisen?«

»Was ist das denn für eine Frage?«, ahmte ich ihre Antwort von der Brücke nach.

»Abgemacht?«

»Abgemacht.«

Ein paar Tage später saßen Onkel Mike und ich vor dem Haus und tranken Saft.

»Edgar kommt«, verkündete er wie nebenbei.

»Wann?«

»Am Mittwoch.«

Das war ziemlich bald! Und Onkel Mike ließ verdächtig auffällig den Gleichgültigen raushängen.

»Bist du denn schon bereit?«, fragte ich ein bisschen besorgt.

»Ich werde ihn umhauen.«

Onkel Mike verbrachte eine Menge Zeit im Musikstudio. Meistens allein, manchmal mit Sue. Was dann jeweils durch die Holzwände nach draußen drang, klang hitverdächtig gut. Nur: Würde es auch reichen, um Edgar zu überzeugen?

Ich wollte Onkel Mike nicht nervös machen. Es genügte,

wenn ich es war. Doppelt. Wegen Edgar und wegen Paulas und Sues bevorstehender Reise nach Venedig.

»Kommst du denn mit zur Bushaltestelle?«, wechselte ich das Thema.

»Wieso? Willst du jetzt plötzlich abhauen, solange du noch kannst, Mr. Toni Toast?«

»Sehr witzig.«

Onkel Mike lachte. »Finde ich schon. Tust du mir einen Gefallen? Trägst du dein Toast-T-Shirt, wenn Edgar kommt?«

»Wenn du mich zur Bushaltestelle begleitest.«

»Deal.«

Wir blieben noch eine Weile sitzen, tranken Saft und redeten über den Geist aus der Vergangenheit, dem Onkel Mike mit seinen Anrufen gehörig Dampf machte. Mittlerweile sah die Sache etwas besser aus, aber noch nicht gut.

»Ich bleib dran«, versprach er. »Immer schön locker bleiben, Leon. Bloß keine Panik!« Er schaute auf sein Handy. »Zeit für den großen Abschied. Dann wollen wir mal.«

An der Bushaltestelle wartete beinahe das ganze Dorf auf den Bus. Ganz vorne standen Sue und Paula. Neben ihnen lehnte sich der Wirt vom *Frohsinn* immer wieder ungeduldig nach vorn. »So langsam könnte er wirklich kommen«, brummte er.

»Der kommt schon«, sagte der kräuterschnapstrinkende Traktorfahrer, von dem ich mittlerweile wusste, dass er Florian hieß. Natürlich nannte ihn niemand so. Er war der Dachi-Flüri. Wobei *Dachi* Dachdecker bedeutete und *Flüri* eine Abkürzung von Florian war, die ich noch nie gehört hatte. Er kratzte sich an der Nase. »Der ist nämlich noch immer gekommen.«

Paula presste angespannt ihre Lippen zusammen. Ich stellte mich neben sie. Weil ich nicht wusste, was ich sagen sollte, sagte ich nichts. Und auch, weil ich wusste, wie sehr es nervt, wenn

Leute in solchen Situationen Dinge sagen, die einem nicht wirklich helfen. Wie zum Beispiel *Der kommt schon.*

Als Erstes hörten wir den Motor. Das klang verdächtig nach Geschwindigkeitsüberschreitung. Dann kam der Bus um die Kurve gebraust, wendete rasant auf dem Dorfplatz und hielt direkt vor uns an.

VENEDIG stand auf der Anzeigetafel. Hinter dem Steuer saß Fritz in einem gestreiften Gondoliere-T-Shirt und grinste über beide Ohren. Er öffnete die Tür, stieg aus und legte einen kleinen roten Teppich auf den Boden.

»Buongiorno!« Er breitete die Arme aus. »Extrafahrt! Die hochverehrten Dorfbewohner sind herzlich eingeladen, gratis bis zum Bahnhof mitzufahren! Signora Sue und Signorina Paula, bitte zuerst einsteigen!«

Das ließ sich keiner entgehen! Wir fuhren gemeinsam zum nächsten Bahnhof. Dachi-Flüri stimmte italienische Lieder an. Fritz rief alle Stationen auf Italienisch aus. Was bedeutete, dass er einfach sämtlichen Ortsnamen ein O anhängte. Und der Wirt vom *Frohsinn* überreichte Sue einen Gutschein für eine Gondelfahrt. »Genießt es. Aber wagt es ja nicht, dort zu bleiben. Wir brauchen euch in Hinter-Oberdorf!«

Sue verbeugte sich und bedankte sich lachend. Ich glaube, Paula wurde das Theater ein bisschen zu viel. Still und etwas blass saß sie neben Sue. Ich fand die Fahrt genial. So viele Verrückte hatte ich noch nie auf einem Haufen gesehen. Zum Glück waren es nette Verrückte. Solche, zu denen man gerne gehören würde.

Am Bahnhof stiegen wir aus und verabschiedeten uns von den beiden. Beinahe hätte ich Paula ein paar Ratschläge mit auf den Weg gegeben. Dann ließ ich es doch lieber und wünschte ihr einfach schöne Ferien. Sie presste ihre Faust gegen meine.

»Bist du noch da, wenn ich zurückkomme?«, fragte sie.

Ich legte den Kopf schief und sagte: »Was ist das denn für eine Frage?«

Sie grinste. Wir gingen zusammen zum Bahnsteig. Dort winkte ich ihr nach, bis mir klar wurde, wie bescheuert ich dabei aussah. Ich nahm die Hand runter. Und hob sie wieder. Weil es egal war, wie bescheuert ich aussah. Waren sowieso nur die Hinter-Oberdorfer da. Und die winkten auch alle.

Alpenrap-Mike und Plan-A-Leon

Die Fahrt zurück war ziemlich wild, weil die Hinter-Oberdorfer die Wartepause genutzt hatten, um zur Abwechslung einmal andere Kneipen als den *Frohsinn* zu besuchen. Dabei hatten nicht wenige ein bisschen zu tief ins Glas geschaut. Gut gelaunt sangen sie grässliche Lieder über blühende Enziane, blaue Augen, schmerzende Herzen und Heimweh nach der Heimat. Was den Musikgeschmack betraf, war da durchaus noch jede Menge Luft nach oben. Das schien auch Busfahrer Fritz Frankenstein zu finden. Statt die nächste Station auszurufen, brüllte er mitten in den Lärm hinein: »Alpenrap-Mike! Zeig uns, was du draufhast!«

Schlagartig verstummte der Lärm. Ich glaube, es gab keinen, der Onkel Mike nicht anstarrte.

»Ich bin nicht sicher, ob –«

Weiter kam er nicht.

»Nun mach schon!«, schrie Bart-Sepp.

Der Ruf wirkte wie ein Startschuss. Die Hinter-Oberdorfer johlten los.

Onkel Mike hob abwehrend die Hände. »Leute, ich fürchte, meine Musik ...«

»Schwing keine Reden!«, unterbrach ihn Bart-Sepp. »Sing!«

»Was ich mache, ist –«

»Herrgott noch mal! Zier dich nicht wie ein Mädchen!«

Keiner hört so was gerne. Ein Ex-Gängsta-Rapper sowieso nicht. Onkel Mike streckte seinen Rücken durch, hob seine Mütze an, fuhr sich durch die Haare, räusperte sich und legte los. Die ersten paar Töne wackelten ein wenig. Doch dann gab Onkel Mike Vollgas. Nach wenigen Takten klatschte der ganze Bus den Rhythmus mit. Ein paar Männer stampften mit den Füßen auf den Boden. Bei der dritten Wiederholung des Refrains grölten alle begeistert mit. Der Krach war unbeschreiblich. Mein Magen hüpfte im Takt auf und ab, der Bus vibrierte, die Fenster beschlugen sich. Die Leute tobten. Onkel Mike grinste. Und ich wusste, dass seine Musik richtig einschlagen würde.

»Alpenrap-Mike«, wiederholte Onkel Mike auf dem Weg nach Hause durch den Wald fassungslos.

»Ist doch gut«, sagte ich. »Du hast gerade bewiesen, dass richtiger Alpenrap wild und roh ist. Nicht so langweiliges Gedudel wie bei *Mad Kamikaze MaXXX*. Außerdem hast du jetzt einen echten Dorfnamen. Alpenrap-Mike. Du gehörst dazu.«

»Findest du?«

»Ja, finde ich. Also, ich wäre da stolz drauf.«

Ich glaube, das war Onkel Mike auch. Es war ihm einfach ein wenig peinlich, es offen zu zeigen. Schweigend ging er neben mir her. Ab und zu zog es seine Mundwinkel nach oben. Dann kniff er schnell die Lippen zusammen. Ich tat, als würde ich es nicht sehen.

Meine Gedanken schweiften ab. Sie flogen über den Zug, in dem Paula und Sue saßen, kreisten über Venedig, kehrten um und landeten neben dem kaputten Fahrrad. Wenn ich es flickte, könnte ich …

»Hast recht«, murmelte Onkel Mike in meine Gedanken hinein. »Alpenrap-Mike ist gar nicht so daneben.«

»Sag ich doch. Hast du Flickzeug für das Fahrrad?«

»Wie kommst du denn darauf?«, fragte er verwirrt.

»Gedankenrundflug.«

»Aha«, antwortete Onkel Mike.

Es kam eher wie ein »Hä?« rüber.

»Hast du oder hast du nicht?«

»Keine Ahnung. Sieh im Schuppen nach. Oder frag den Bart-Sepp. Der soll ein richtiger Tüftler sein.«

Bart-Sepp ein Tüftler? Das konnte ich mir nicht vorstellen. Unter seinen riesigen Pranken ging bestimmt alles kaputt, was er anfasste. Außerdem hatte keiner seinen Namen genannt, als ich nach einem Techniker gefragt hatte. Onkel Mike musste sich irren. Irgendwie würde ich das mit dem Fahrrad auch alleine hinbekommen.

Im Schuppen gab es zwar ein paar Werkzeuge, leider jedoch nicht alle, die ich brauchte. Von neuen Reifen und Bremsen ganz zu schweigen. Vielleicht war ja doch was dran an dem Tüftler-Gerücht. Ich ging Bart-Sepp besuchen.

Beim ersten Mal war er nicht zu Hause. Ich klebte einen Zettel an die Tür.

War hier. Komme wieder. Leon.

Beim zweiten Besuch hing der Zettel immer noch an der Tür. Unter meiner Nachricht stand in krakeligen Buchstaben:

Wahrum?

Zuerst wollte ich antworten. Ich überlegte es mir anders und beschloss zu warten. Wie vor jedem Haus in Hinter-Oberdorf gab es auch vor diesem eine Holzbank. Auf die setzte ich mich und schaute den Wolken zu, die sich am Himmel türmten. Sie sahen aus wie eine riesige Blumenkohlfamilie. Das bedeutete, dass es ein Gewitter geben konnte. Wo immer Bart-Sepp war: Er würde spätestens bei den ersten Regentropfen zurück sein.

Nachdem ich eine Weile den Wolken beim Auftürmen zugeschaut hatte, wurde es mir langweilig. Ich drehte eine Besichtigungstour auf Sepps Hof. Das dauerte ziemlich lange, weil überall alte Geräte und Fahrzeuge herumstanden. Beinahe so viel wie beim Alteisenhändler bei uns im Viertel. Einem meiner Lieblingsorte. Ich entdeckte eine Unmenge spannender Fahrzeuge, Geräte und Schrottteile. Am interessantesten war ein schwarz lackiertes Mofa mit einer aufgeklebten Fledermaus auf dem Tank.

»Das gehörte Timo«, sagte eine Reibeisenstimme hinter mir. »Wenn man Benzin in den Tank gibt, sollte es fahrtüchtig sein. Willst du es ausprobieren?«

Nichts hätte ich lieber getan. Doch das Mofa gehörte dem Geist aus der Vergangenheit, der zwei mir wichtige Menschen aus seinem Leben gestrichen hatte. Ich drehte mich zu Bart-Sepp um.

»Nein.«

»Oh!«, rief er erstaunt. »Ich dachte, du bist deswegen hier.«

Auf meinen Kopf fiel ein erster Tropfen aus den Blumenkohlwolken. Gleich danach ein zweiter. Und dann brach irgendwo am Himmel oben ein Damm. Er schüttete Badewannen voller Wasser auf uns.

»Komm!«, rief Bart-Sepp.

Ich rannte hinter ihm her. Klatschnass schlitterten wir in den Flur seines Hauses. Ein lauter Donner rollte über uns hinweg.

»Der Herrgott gibt mal wieder ein Zeichen«, sagte Sepp, der selber ein wenig aussah, wie ich mir Gott persönlich vorstellte. Riesig, mit einem Bart und freundlichen Augen.

»Was für ein Zeichen?«, fragte ich.

Er zuckte mit den Schultern. »Woher soll ich das wissen? Der Herrgott hat seine eigenen Pläne.«

Wir tranken zusammen heiße Schokolade mit Milch direkt

von der Kuh. Bart-Sepp gab mir Ratschläge. »Das Fahrrad kriegst du hin«, meinte er zuversichtlich. »Ich gebe dir mit, was du brauchst, und du bringst mir das Werkzeug zurück, wenn du fertig bist.«

Zwei Tage später radelte ich zu Bart-Sepp. Er begutachtete das Fahrrad beinahe fünf Minuten lang. »Nicht schlecht«, meinte er anerkennend. »Bist ein fixer Bursche.«

Ich wusste nicht so recht, ob das ein Kompliment war oder nicht. »Na ja, das Ding fährt wieder. Nur das mit der Gangschaltung klappt noch nicht so richtig. Und die Räder eiern.«

Sepp lachte. Er zeigte mir, wie ich das auch noch beheben konnte. Seine riesigen Finger waren ihm dabei auf beinahe magische Art nicht im Weg. Bei jedem anderen hätten sie sich in den Speichen oder zwischen den Bremsklötzen festgeklemmt. Nicht bei ihm. Ich verstand nicht, warum niemand ihn als Techniker empfohlen hatte. Die Antwort darauf erfuhr ich, als Sepp mir beibrachte, wie man mit einem Bohrer umging. Bevor er das Maschinenkabel in die Steckdose steckte, schlug er zwei Kreuze und warf einen flehenden Blick in Richtung Himmel.

»Hab mal einen gewaltigen Schlag abbekommen«, verriet er mir. »Hat mich rückwärts durch die Werkstatt gefegt. Ich klebte an der Wand wie ein riesiges Stück Glibbermasse. Seither habe ich einen Heidenrespekt vor Strom.«

Ich hätte mir nicht vorstellen können, dass ein derart baumstarker Kerl vor irgendwas Angst hatte! Irgendwie war es aber auch beruhigend. Wenn sogar ein Kerl wie Bart-Sepp Furcht kannte, durfte auch ich ab und zu Angst haben.

»Ich habe keine Angst«, korrigierte er mich, als ich ihm das bei einer Tasse Schokolade sagte. »Ich nenne es eine gesunde Portion Ehrfurcht.«

Im Laufe unserer gemeinsamen Nachmittage fand ich heraus, dass Sepp noch vor weiteren Dingen Ehrfurcht hatte. Vor Gott zum Beispiel. Vor Zeichen. Und vor Spinnen mit haarigen Beinen. Das mit den Spinnen fand ich witzig. Sepp war es ein wenig peinlich. Er redete lieber über die Zeichen.

»Hast du übrigens herausgefunden, was uns der Donner sagen wollte?«, fragte ich neugierig.

»Ich glaube, das Zeichen war für dich.«

»Für mich?«

Er nickte.

»Und wenn ich's nicht verstanden habe?«

Sepp legte seine riesige Hand auf meine. »Du wirst schon noch dahinterkommen.«

Ich kam tatsächlich dahinter. Aber erst viel später.

Während wir in seiner Werkstatt eine verrostete Schneefräse auf Vordermann brachten, erzählte ich Sepp, warum ich hier in Hinter-Oberdorf war. Er wollte unbedingt die Videobotschaft sehen. Ich spielte sie ihm vor. Aus seinem zusammengepressten Mund kamen seltsame Laute. Als würde er in seiner Kehle einen lebendigen Käfer gefangen halten. Nach dem letzten Ton meiner Nachricht an Mama und Papa öffnete er den Mund. Es kam kein Käfer raus, sondern das lauteste Lachen, das ich je gehört habe.

»Bis bald, Plan-A-Leon«, verabschiedete sich Sepp am Ende des Tages von mir.

Plan-A-Leon. Auf dem Weg nach Hause wiederholte ich den Namen immer wieder. Plan-A-Leon. Ich gehörte dazu.

Edgar kommt

Onkel Mike hätte Edgar seine Songs als Computerdatei schicken können. Doch so einfach wollte er es ihm nicht machen. »Eine Sounddatei läuft unbeachtet zwischen zwei Anrufen im Hintergrund. Wer für einen Song in ein entlegenes Alpenkaff fahren muss, hört ihn sich sehr konzentriert an.«

Das leuchtete mir ein. Ich hoffte nur, dass Egdar Onkel Mikes neuen Musikstil so gut fand wie wir, sonst ging der Schuss nach hinten los. Wenn man nämlich ans Ende der Welt reist, um sich etwas anzuhören, das man grottig findet, ist man danach ziemlich schlecht drauf.

»Mein Material ist genial«, fegte Onkel Mike meine Bedenken vom Tisch. »Wenn es Edgar nicht gefällt, ist das sein Problem.«

Natürlich war der neue Sound genial. Nur: Hitparadentauglich fand ich ihn nicht unbedingt. Dazu war er zu wild und zu roh. Und zu kompromisslos. Onkel Mike meinte, ich solle mich nicht verrückt machen. Das werde schon klappen. Er wirkte wie einer, der vor Selbstvertrauen nur so strotzt. Mich konnte er nicht täuschen. Tief in sich drin hatte er Schiss. Genau wie ich.

Vor Edgars Besuch sprangen wir vom Wasserfall. »Ist viel besser, als sich mit Bier Mut anzusaufen«, meinte Onkel Mike. Das fand ich auch.

Kaum waren wir zurück im Haus, klingelte Onkel Mikes Handy. Auf dem Display erschien Edgars Name. Ich nahm den Anruf entgegen, so, wie Onkel Mike und ich das besprochen hatten.

»Toni Toast«, meldete ich mich.

»Verdammt noch mal, ich stecke auf dieser beschissenen Straße fest!«, brüllte mir Edgar ins Ohr.

»Wo genau?«, erkundigte ich mich.

»Na, wo wohl? Mitten in einem verfluchten Wald.«

»Vor oder nach der Brücke?«

»Nach der Brücke.«

»Bleiben Sie, wo Sie sind«, befahl ich. »Ich komme Sie abholen.«

Schon von Weitem erkannte ich, was das Problem war. Edgar war mit seinem tiefgelegten Sportflitzer auf dem unebenen Waldweg stecken geblieben. Und das, obwohl ihm Onkel Mike mindestens dreimal eingeschärft hatte, er solle das Auto bei der Brücke stehen lassen. Rauchend lehnte er gegen den Wagen. Als er mich entdeckte, warf er die Zigarette auf den Boden und trat sie aus.

»Wer bist du?«, fragte er.

»Leon. Aber ich …«

»Aha«, fiel er mir ins Wort, bevor ich mich fertig vorstellen konnte. »Wohl so was wie der Laufbursche von Toni Toast. Normalerweise holt mich der Chef persönlich ab. Nicht die dritte Garde.«

»Der Chef persönlich ist im Musikstudio.«

»Und Toni?«

Ich zeigte auf mein T-Shirt. »Steht vor Ihnen.«

Edgar schnappte nach Luft.

»Darf ich Ihnen den Weg zeigen? Mike wartet auf Sie.«

»Und mein Wagen?«

»Kein Problem«, behauptete ich cool. »Das werde ich organisieren.«

»Bist du überhaupt schon aus den Windeln raus?«

Bis jetzt war ich die Höflichkeit in Person geblieben. Dieser unverschämte Typ hatte uns eine Menge Geld überwiesen und Onkel Mikes Karriere lag in seiner Hand. Doch es ist so: Was zu viel ist, ist zu viel. Und das mit den Windeln war zu viel. Der Satz, der das Fass zum Überlaufen brachte.

»Ich bin alt genug, um zu wissen, was gute Manieren sind. Und damit mindestens theoretisch ein paar Jahre älter als Sie.«

In Edgars Gesicht lief im Schnelltempo eine Art Stummfilm ab. Hochgezogene Augenbrauen, runde Augen, offener Mund, geschlossener Mund, Augenbrauen zurück auf Normalhöhe, offener Mund. Dann kam der Ton ins Spiel. Ein lautes Lachen. Edgar lachte, bis ihm die Luft ausging.

»Ziemlich kesse Klappe für einen Jungspund«, keuchte er, als er wieder reden konnte. »Wenn du jetzt noch meinen Wagen ohne einen Kratzer zurück auf die Straße bringst, stell ich dich ein.«

Ich hatte nicht die geringste Absicht, jemals für diesen Rüpel zu arbeiten. Egal, was er mir bezahlen würde. Aber Onkel Mike brauchte ihn.

»Das erledigt der Abschleppservice von Josef Huber«, sagte ich. Weil sich das viel eindrucksvoller und professioneller anhörte als *Das macht der Bart-Sepp mit seinem Traktor.*

Edgar klopfte auf die Kühlerhaube seines Flitzers. »Gut. Dann will ich jetzt endlich diesen sagenhaften neuen Sound hören.«

»Das ist es?«, fragte Edgar beim Anblick unseres Hauses fassungslos. »Heidikitsch im Heidiland?«

»Unser *Alpenstudio*«, korrigierte ich ihn.

Als wäre das sein Stichwort, trat Onkel Mike aus der Haustür.

»Edgar!« Er breitete die Arme aus. »Schön, dich zu sehen.«

»Du mich auch«, brummte Edgar so leise, dass nur ich ihn hören konnte. Zu Onkel Mike sagte er was ganz anderes.

»Mike! Mein Star!«

»Komm rein.« Onkel Mike legte Edgar die Hand auf die Schulter und führte ihn ins Studio.

Edgar nickte beeindruckt. »Nicht schlecht.«

»Nicht schlecht?« Onkel Mike drückte Edgar auf die Bank, die sonst immer vor dem Haus stand. »Setz dich hin.«

Er grinste mir zu. »Toni, die Gitarre, bitte.«

Ohne mit der Wimper zu zucken, hielt ich ihm die uralte akustische Klampfe hin, mit der er manchmal im Gras saß. Er hängte sie um und testete noch einmal kurz, ob sie richtig gestimmt war. »Bist du bereit für den großen Augenblick, Edgar?«

»Leg schon los!« Es klang nicht gerade begeistert.

Umso begeisterter griff Onkel Mike in die Saiten. Er schrammte ein paar Akkorde und begann inbrünstig zu singen. Eine Art Best-of der Lieder, welche die Hinter-Oberdorfer im Bus gegrölt hatten. Die *Klammenfurter Turteltauben* wären vor Neid erblasst, ich schwöre es! Der Schmalz tropfte literweise unten raus. Onkel Mike verzog keine Miene. Ich auch nicht. Edgar entgleisten die Gesichtszüge. Er sah von Onkel Mike zu mir und wieder zu Onkel Mike. Ohne das kleinste verräterische Zucken in den Mundwinkeln zogen wir die Show durch. Edgar stand kurz vor einer Ohnmacht. Bestimmt zählte er in Gedanken das viele Geld zusammen, das er in Onkel Mikes Projekt gesteckt hatte.

»Folter«, flüsterte er, nachdem der letzte Ton verklungen war. »Das ist Folter.« Sogar zum Fluchen fehlte ihm die Kraft. Mit geschlossenen Augen stöhnte er leise vor sich hin.

Onkel Mike wechselte auf die E-Gitarre und zählte auf vier. Edgar öffnete die Augen. Ich drückte den Wiedergabeknopf des Bandes, auf dem Onkel Mike die verschiedenen Instrumente eingespielt hatte. Alle, bis auf die Gitarre. Die spielte er live. Und er rappte, was das Zeug hielt und seine Lunge hergab. Beim Refrain wechselte er in einen Gesang, der von einem volkstümlichen Schlager ungefähr so weit entfernt war wie die Erde vom Mond. Seine Stimme röhrte zusammen mit den Instrumenten aus vier Verstärkern. Zwei vor Edgar, zwei hinter ihm.

Edgar sprang auf die Füße. Reckte die Arme in die Luft. Zuckte wie ein von einer Riesenbiene gestochenes Nashorn. Wahrscheinlich sollte das eine Art Tanz darstellen. Oder die Maximalform von Begeisterung. Was immer es war: Edgar geriet komplett außer sich. Die Wörter, die er nach dem Ende des Songs von sich gab, kann ich hier nicht wiedergeben. Jeder Gängsta-Rapper wäre vor Neid über diese Kraftausdrücke erblasst. Wichtig war das, was Edgar zwischen diesen Kraftausdrücken sagte.

»Das ist das Beste, das Echteste, das Reinste, das ich je gehört habe.« Erschöpft setzte er sich hin und tupfte mit einem Taschentuch den Schweiß von seiner Stirn. »Ich fürchte nur, ein Nummer-1-Hit wird das nicht.«

»Zu roh, zu wild, zu kompromisslos«, sagte ich.

»Genau, Toni. Genau!«

In Onkel Mikes Gesicht schob sich Enttäuschung.

»Und genau deshalb ist das wahre Musik!«, rief Edgar. »Wer gibt schon einen **** auf die Charts? *Das* ist der Sound, auf den ich ein Leben lang gewartet habe. Damit bringen wir die Hallen zum Kochen!«

»Heißt das –«

»Das heißt, dass wir dieses Album machen werden, meine Freunde. Und wie wir dieses Album machen werden!«

»Ähm, bedeutet das –«

Wieder kam Onkel Mike nicht dazu, seinen Satz zu beenden.

»Überlass es mir, was das bedeutet«, unterbrach ihn Edgar. »Da draußen gibt's eine Menge Leute, die genau auf so was

mit den Hühnern ist nämlich auch so eine dämliche Redewendung wie die mit dem frühen Vogel.

»Kennst du den Spruch vom frühen Vogel?«, fragte ich, als wir am Tisch vor dem Haus saßen und ein Glas Milch von Bart-Sepps Kühen tranken. Unser täglicher Muntermacher seit der Reparatur des Fahrrads. Wenn Onkel Mike so gesund weiterlebte wie jetzt, würde er Jahre brauchen, um die Bierkisten im Keller zu leeren.

»Hör mir bloß damit auf.« Er wischte sich den weißen Milchbart von der Oberlippe. »Der ist genauso bescheuert wie der mit der goldenen Morgenstund.«

Hätte ich noch einen einzigen Beweis dafür gebraucht, dass Onkel Mike und ich echte Blutsbrüder waren, war er das. Wir mochten nicht nur dieselben Dinge, wir ärgerten uns auch über dieselben Dinge. An diesem Morgen hatten wir außerdem beide eine Höllenangst. Wenn das Treffen von Sue und Paula mit Timo schiefging, war so ziemlich alles kaputt.

»Wird schon klappen«, murmelte Onkel Mike.

»Wird es.«

Es musste einfach!

Timo kam kurz vor Mittag. Zu Fuß. Den Wagen hatte er ein paar Biegungen vor der Brücke hingestellt, damit Sue und Paula ihn nicht entdecken konnten. Jetzt wo er vor mir stand, verschlug es mir die Sprache. Ich schüttelte einem echten Rockstar die Hand. Natürlich war Onkel Mike auch mal ein Star gewesen und vielleicht wurde er auch wieder einer. Doch Onkel Mike zählte nicht. Er war ein Verwandter. Einer, den ich sowieso kannte. Timo war eine Legende. Einer von einem anderen Planeten. Ein *Flying Batman.* Zum Glück fiel mir noch rechtzeitig ein, dass er auch der Mistkerl war, der die zwei tollsten Frauen, die ich kannte, allein in Hinter-Oberdorf zurückgelassen hatte.

»Hallo, ich … ich bin Leon«, stammelte ich.

»Hab viel von dir gehört.«

Er redete überhaupt nicht wie ein Star. Eher wie ein normaler Mensch, der gerade furchtbar unsicher ist. »Ich weiß, dass ich das hier dir verdanke. Ich weiß auch, was du von mir hältst. Ich hoffe, das hat sich geändert, wenn ich heute Abend wieder gehe.«

Das hoffte ich auch. Nicht meinetwegen, sondern wegen Sue und Paula.

Damit die beiden Timo erst sahen, wenn es zu spät zum Weglaufen war, versteckten wir ihn im Haus. Sue machte trotzdem kehrt, als sie ihn sah. Paula packte sie fest am Arm und hielt sie zurück. »Ich will mit ihm reden«, sagte sie entschlossen.

»Hast du davon gewusst?«, fragte Sue.

»Nein!«, rief Paula. »Aber ich bin froh, dass Timo da ist.«

Ich hatte einen Riesenkloß im Hals und guckte schnell weg.

»Ich glaube, es ist besser, wenn wir uns verkrümeln«, flüsterte mir Onkel Mike ins Ohr.

Wir blieben beinahe den ganzen Tag weg. Mir war jede einzelne Minute davon schlecht. Ich machte mir eine Million Sorgen und verstand nun genau, wie Mama meinetwegen zumute war.

Bei unserer Rückkehr waren die drei zu meiner Erleichterung noch da. Sie sahen nicht voll glücklich aus, aber beinahe. Vor allem Paula. Timo versprach wiederzukommen. Schon bald.

»Ich bin froh, dass du das mit den Geistern besser verstanden hast als ich«, sagte Sue beim Abschied zu mir.

Onkel Mike bekam nur ein einziges Wort. »Danke.« Sue hielt ihm die Hand hin. Er griff danach. Jeder, der nicht total blind war, konnte erkennen, dass er in dem Augenblick endlich begriff, dass er das Gesuchte gefunden hatte.

Paula und ich warfen uns einen Blick zu und verschwanden um die Hausecke.

»Sehen wir uns morgen?«, fragte ich. »Bart-Sepp und ich haben das Fahrrad repariert. Machen wir zusammen eine Tour?«

Paulas Mund zog sich in die Breite. Es war kein Lächeln, jedoch nahe dran. »Ich überlege mir eine Strecke, der dein Bike gewachsen ist.«

»Topfeben also.«

Sie lachte. »So was kann ich dir hier nicht bieten. Notfalls musst du schieben.«

Ich verdrehte die Augen. Das konnte ja heiter werden!

Der beste Sommer meines Lebens

Ich holte Paula am nächsten Morgen ab. Sie hatte uns eine Tour ausgesucht, die perfekt zu dem alten Fahrrad passte. Aufwärts fuhren wir auf einem breiten Feldweg, der sich wie eine endlose Schlangenlinie den Berg hochschlängelte. Ich kam zwar ziemlich ins Keuchen, musste aber nicht ein einziges Mal absteigen. Abwärts rasten wir beinahe pfeilgerade durch den Wald nach unten. Es machte total Spaß, hinter Paula herzubrettern. So sehr, dass wir die nächsten paar Tage auf unseren Fahrrädern verbrachten. Wir radelten an aufregende Orte, wo wir die Bikes parkten und auf Bäume und Felsnasen kletterten. Der kleine See von der Postkarte wurde zu einem unserer Lieblingsplätze. Stundenlang saßen wir da und schauten den Fischen zu, wie sie nach kleinen Mücken und Fliegen an der Wasseroberfläche schnappten. Paula erzählte mir von Venedig und ich ihr von Edgars Besuch.

»Er hat Onkel Mike den Deal seines Lebens angeboten«, sagte ich zu Paula.

»Oh.« Es klang enttäuscht.

»Hey, das wäre ein Grund, sich zu freuen!«

»Wäre es.«

Sie stand auf und ließ ein paar flache Steine übers Wasser hüpfen.

»Wäre?«, fragte ich so beiläufig wie möglich.

»Es ist wegen Sue.« Paula versemmelte den nächsten Wurf. Der Stein prallte nicht an der Wasseroberfläche ab, sondern ging mit einem Plumpser unter.

»Sie … Ach, vergiss es!«

Das konnte ich nicht. Wenn es um Sue ging, ging es irgendwie auch um Onkel Mike. Ich musste wissen, was los war.

»Komm schon!«, drängte ich. »Du kannst nicht gackern und dann kein Ei legen.«

»Also gut. Wenn du mir versprichst, es Mike nicht zu verraten.«

»Versprochen.«

»Schwör es.«

Ich hob feierlich die Hand. »Ich schwöre es.«

Paula öffnete den Mund, machte ihn jedoch wieder zu.

»Indianerehrenwort«, bekräftigte ich meinen Schwur.

»Sue mag Mike.«

Das war doch gut! Mein Herz hüpfte nach oben. Dort blieb es nicht lange.

»Es gibt da ein Problem. Sue will nie mehr was mit einem Musiker anfangen. Ich … Ich hatte gehofft, dem Typ von der Plattenfirma würde die Musik nicht gefallen.«

Mein Herz stürzte senkrecht in die Tiefe und traf auf meinen Magen. Mir wurde so schlecht, dass ich mich beinahe übergab. Ich musste an Gretas Schuh denken. Und daran, dass Onkel Mike genau das gefunden hatte, was er suchte. Und jetzt war er dabei, es zu verlieren, bevor er es richtig genießen konnte. Oh, Shit!

»Sie mag ihn?«, wiederholte ich den guten Teil der Nachricht.

»Wehe, du machst auch nur die kleinste Andeutung gegenüber Mike!«, drohte mir Paula.

»Was dann?«

»Dann werfe ich dich den Fischen im See zum Fraß vor.«

Damit würde ich leben müssen. Weil ich so eine Ahnung hatte, dass ich dieses Geheimnis nicht für mich behalten konnte. Egal, wie sehr ich es versprochen hatte.

Noch am selben Tag verriet ich Onkel Mike, was mir Paula anvertraut hatte. Zu meiner Überraschung hatte er das selber schon herausgefunden.

»Und jetzt?«, fragte ich.

»Häng ich mich rein. Beweise Sue, dass es mir ernst ist.«

Das schien mir ein guter Plan zu sein. »Hast du eine Idee, wie?«

Die hatte er. Onkel Mike mietete das Haus von Timo auf unbefristete Zeit. Er kaufte Geranien, stellte sie vor die Fenster und goss sie jeden Tag. Und er nahm sich Zeit für Sue und Paula, selbst dann, als Edgar ihm Stress machen wollte. Wenn ihr mich fragt: Ich bin sicher, dass alles gut wird.

Natürlich fand Paula heraus, dass ich gepetzt hatte. Ich landete bei den Fischen.

Die gute Nachricht: Sie hatten keine Lust, mich zu fressen.

Die noch bessere Nachricht: Paula war mir nicht böse.

Die allerbeste Nachricht: Wir wurden Freunde. Richtig gute Freunde. Ich hätte nie gedacht, dass so was mit einem Mädchen überhaupt möglich ist.

Leider gehen auch beste Sommer zu Ende. Onkel Mike, Sue und Paula brachten mich zur Bushaltestelle. Von Paula bekam ich zum Abschied eine wunderschöne Mäusebussard-Feder. Dachi-Flüri versprach, dass er mir bei meinen nächsten Ferien in Hinter-Oberdorf das Traktorfahren beibringen würde. Bart-Sepp gab mir ein Stück stinkenden Alpkäse mit auf den Weg und flüsterte mir zu, dass er das Mofa mit dem Fledermaustank aufgemöbelt hatte. Für eine besondere Person. Dabei schaute er kurz zu Paula rüber und blinzelte mir zu. Das

Fledermaussofa. Natürlich. *Das* hatte das Donnerzeichen bedeutet. Das Mofa für Paula. Ich blinzelte zurück.

Busfahrer Fritz Frankenstein änderte für mich die Anzeigetafel. *Plan A* stand darauf. Mein Plan A. Der genialste, den ich je hatte. Braucht ja niemand zu wissen, dass es der einzige gewesen ist.

PS1: Die Taufe von Onkel Mikes neuem Album fand im *Frohsinn* in Hinter-Oberdorf statt. Mama und Paps fuhren mit mir hin. Das ganze Dorf war da und tobte vor Begeisterung. Das Plakat hängt an der alten Scheune beim Dorfausgang, gleich neben dem der *Flying Batmen.* Darauf steht in großen Buchstaben: SPECIAL GUESTS – PAULA, SUE UND TIMO.

PS2: Onkel Mikes Album wurde keine Nummer 1. Er und seine Band sind nicht im Fernsehen, sondern auf Tour. Sie hat einen Namen: *Die Plan A Tour.* Das Publikum feiert ihn für seine gnadenlos ehrliche Musik. Im Internet ist er Kult. Nach der Tour wird Onkel Mike in Timos Haus zurückkehren, das jetzt seins ist.

PS3: Ich bin zwölf geworden. Ich heiße immer noch Leon. Klaus-Dieter ist prall gefüllt. Ich weiß schon, was ich mit dem Geld machen werde. Erst einmal ist aber Paula dran. Sie kommt mich in den nächsten Ferien besuchen.

PS4: Vielleicht hätte ich besser eine Videobotschaft aufgenommen, als so viele PS zu schreiben. Egal. Dafür gibt's zwischen den Zeilen bestimmt eine Menge zu entdecken. Wenn ihr Lust habt: Macht doch selber eine Videobotschaft daraus und schickt sie mir. Ich guck sie mir an. Indianerehrenwort.

Das perfekte Lesefutter für Jungs!

Egal, ob superspannend ...

ISBN 978-3-8458-0503-0

Fechten, reiten, auf die Jagd gehen – das Leben des jugendlichen Grafensohns Lukas ist wie ein großes Abenteuer. Doch von einem Tag auf den anderen ist nichts mehr, wie es war: Der Inquisitor Waldemar von Schönborn lässt Lukas' Mutter verhaften, um sie als Hexe zu verhören – und Lukas' Vater stirbt beim Versuch, ihr zu Hilfe zu kommen. Lukas selbst flüchtet, doch seine kleine Schwester Elsa gerät in die Gewalt des Inquisitors. Mittellos und auf sich allein gestellt, ist Lukas nur von einem Gedanken getrieben: Er muss Schönborn finden und Elsa befreien! Doch der Inquisitor ist mächtig, und sein Einfluss reicht weiter, als Lukas sich das vorzustellen vermag. Gegen einen derart übermächtigen Gegner hätte Lukas keine Chance – doch zum Glück hat er ein großes Talent: Er ist ein begnadeter Degenkämpfer. Und er findet echte Freunde; mit Jerome, Paulus und dem schlauen Giovanni an seiner Seite wagt er sich in das größte Abenteuer seines Lebens ...

Auch zu bestellen unter www.arsedition.de

... oder total witzig!

ISBN 978-3-8458-1025-6

Bei Luis hängt der Haussegen gewaltig schief: Da sein Vater immer noch arbeitslos ist, stürzt er sich mit vollem Einsatz in die Hausarbeit und fordert von seinen Söhnen plötzlich mehr Engagement in Sachen Zimmer-Aufräumen. Echt ätzend! Dabei hat Luis ganz andere Probleme: Er muss dringend weiter an seiner Karriere als Comedian arbeiten! Doch dafür braucht Luis die Unterstützung seiner Managerin Maddy – und die trifft sich wieder mit dem Langweiler Edgar. Irgendwie ist plötzlich alles schrecklich kompliziert ...

Auch zu bestellen unter www.arsedition.de

tote Geranien
Grüße aus dem Alpenkaff!
Klaus-Dieter
= Blutsbrüder
Klaus-Dieter
tote Geranien
= Blutsbrüder
Klaus-Dieter
Grüße aus dem Alpenkaff!